LES DIAMANTS IRLANDAIS

Écoutez : les anges chantent au-dessus de nos têtes.

LES

DIAMANTS IRLANDAIS

PAR EMILY BOWLES

TRADUIT PAR MARIE GUERRIER DE HAUPT,

LAURÉAT DE L'ACADÉMIE FRANÇAISE.

LIMOGES

BARBOU FRÈRES, IMPRIMEURS-LIBRAIRES.

LES DIAMANTS IRLANDAIS

~~~~~~~~~~~~~~~~~~~~~~~~~~~~

I

Le soleil de l'automne se lève sur la chaîne interrompue des montagnes de Pétersville. Ses rayons matinals brillent sur leurs sommets et pénètrent dans les profondeurs des vallées pittoresques.

En ce moment il éclaire le penchant de la montagne et tombe gaîment sur le village qu'en Irlande on appelle ville, et qui est éparpillé çà et là, depuis le sommet jusqu'au bas. Il illumine la petite église et un presbytère, la maison d'école et le monastère, la chapelle épiscopale et la cure ; plus loin, on aperçoit l'enceinte du parc, les bois de chênes et les lourdes et antiques fenêtres du château de Pétersville, demeure du propriétaire et seigneur, lord Powderhouse.

Deux hommes sont en scène ; l'un est presque au déclin de la vie, l'autre est dans toute la force de la jeunesse. Ils sont arrêtés dans un petit enclos, à la jonction de quatre routes, marquée par une de ces croix grossières, si connues en Irlande. Le jeune homme est appuyé d'un air sombre sur sa bêche ; le vieillard, abritant avec la main ses yeux contre les rayons du soleil, semble absorbé dans la contemplation de cette scène.

— Cela fait du bien au cœur de voir le soleil béni ! s'écrie-t-il, en poussant un profond soupir. Grâces soient rendues à Celui qui l'a fait et suspendu au ciel comme une lampe pour éclairer le monde. Voyez comme il dore la croix sainte de l'église et brille sur la fenêtre du Père Murphy (que le Ciel puisse être son partage). Pourquoi vous laisser abattre, Randal, mon enfant ? N'avons-nous pas un excellent berger pour veiller sur le troupeau ?

— C'est vrai pour vous, père Michaël, répliqua le jeune homme souriant faiblement. Voyez seulement ; vous pouvez fermer les yeux si vous voulez, ou les arrêter où bon vous semble, car vous pouvez vous gouverner vous-même, père, ce que je ne puis pas. Mais regardez aussi un peu plus loin, jetez les yeux sur la maison du renard Moylan et du blaireau Israël Brooker, et aussi du loup, dévorant à la fois la laine et la chair du troupeau, du pasteur Hall ? Le berger, comme vous l'appelez avec raison, peut-il chasser ces animaux féroces et assurer notre sûreté, seulement pendant une heure ?

— Chut ! chut ! ami Randal ; vous prenez les choses trop vivement, comme les jeunes gens ont l'habitude de le faire. Vous êtes affligé, et je ne vous en blâme pas, de ne pouvoir épouser votre fiancée ; et certainement, quoiqu'elle me tienne de près, j'ose dire que jamais fille meilleure et plus charmante que ma Una ne s'est agenouillée devant l'autel avec son promis. Mais patientez, enfant. J'ai vécu dans des temps comme vous n'en avez jamais vu, et comme, Dieu merci, on n'en verra plus en Irlande. Au contraire, les temps deviendront encore meilleurs, car nous avons mis notre confiance dans la Reine des Cieux, et bientôt une porte pour sortir d'embarras s'ouvrira pour vous alors que vous y penserez le moins. Monseigneur pense assez bien, et quoique Moylan ait mauvais cœur et soit de sang écossais, je garantis que le Père Murphy déjouera ses plans, les yeux fermés, et le Père Cyprien le secondera. Conservons seulement notre foi, et le Seigneur nous viendra en aide.

— Je sais bien que je devrais être bon ! s'écria Randal avec véhémence, en enfonçant sa bêche dans la terre. Excepté vous, père Michaël, il n'y avait pas dans Pétersville un homme qui valût mon père. Jamais personne de notre famille n'a rien eu à démêler avec les juges, et n'aura rien à y démêler, à moins que.....

— A moins que..... répéta le vieillard en se tournant vers lui ; à moins que quoi ?

Son regard exprima un sentiment d'orgueil paternel. Randal s'était

redressé de toute la hauteur de sa taille de six pieds et avait croisé
ses bras sur sa poitrine. Avec sa tête si fière couverte de boucles
de cheveux châtains ; ses joues brunies, animées par la conscience
de sa force, ses narines mobiles exprimant la défiance, il semblait
la personnification de la volonté, prête à renverser tous les obstacles qui barrent son chemin.

— A moins que quoi ? reprit-il fièrement. A moins qu'ils ne me
poussent devant les juges, chargé d'un crime affreux ! Père Michaël,
je vous le dis, j'ai peur de moi ! Pétersville est devenu maintenant
pour moi un endroit dangereux. Il y a eu de telles contestations
avec l'agent ; de telles menaces et de si mauvaises paroles échangées avec le lecteur de l'Ecriture, et avec tout cela tant de vexations à cause de cette infernale redevance, qu'en y joignant le
chagrin d'attendre pour épouser Una, je ne suis plus ce que j'étais,
et si ce n'était pas pour elle (que Dieu la bénisse), j'aurais pris
passage dès demain, pour aller de l'autre côté de la mer !

— Et je n'oserais vous en blâmer, répliqua Michaël avec com-
passion ; je n'oserais vous en blâmer, cher. Je comprends tout ce
que vous dites et je sens ce que vous avez souffert. Il y a quelqu'un
qui sait tout cela aussi bien que moi ; ainsi, allez trouver Son
Honneur, causez avec lui et demandez lui conseil. Voyez, là.....

— Que faites-vous là, père chéri ? dit une voix argentine à son
côté.

Les deux hommes tressaillirent et se retournèrent, et, à la vue
de la jeune fille, qui posa un grand panier à côté de son père, le
visage de Randal changea pour n'exprimer plus qu'un bonheur

calme et pur. Il l'embrassa sur la joue, comme c'était son droit de fiancé. Elle ouvrit le panier, en tira une nappe grossière, mais d'une propreté irréprochable, qu'elle étendit sur le sol, et prépara le bol de pommes de terre, cuites à l'eau, le grand pot de lait de beurre écumant, et de larges tranches d'excellent pain bis, de manière à exciter l'appétit de l'homme le plus nonchalant. Ensuite elle se disposa à les quitter pour retourner à la maison avec le panier ; mais Randal l'arrêta en disant :

— Una, ma chérie, restez jusqu'à ce que j'aie fini, ce qui ne demandera que quelques minutes, et je retournerai avec vous à la maison... J'ai un mot à vous dire, et j'ai l'intention d'aller voir le Père Murphy.

— Qu'est-ce qui vous trouble, mon ami ?

— Rien *maintenant*, répliqua Randal avec un sourire plein de confiance et d'amour. Lorsque vous êtes près de moi, le soleil brille de tous côtés.

Una comprit que ce qu'il avait à lui dire ne devait être entendu que d'elle, et la conversation devint générale jusqu'au moment où le vieux Michaël, se levant fit avec respect le signe de la Croix, et après avoir repris sa bêche, ordonna à Una de se hâter de partir avec Randal, pour rejoindre sa grand'mère et conduire Martin à l'école. Una ne se fit pas répéter deux fois cet ordre ; elle réunit tout promptement, enveloppa le pot et le bol dans la nappe, jeta les pelures des pommes de terre par-dessus le mur ; et lorsque Randal eut placé sa bêche dans un petit fossé, tous deux se dirigèrent vers le village. Randal marcha en silence pendant cinq minutes, puis se tournant vers sa compagne, il dit :

— Una, ma mignonne, mon esprit a été par trop troublé pendant ces derniers temps, et je suis décidé à en finir d'une manière ou d'une autre. Je vais en causer ce matin avec le Père Murphy. Je ne puis rester à Pétersville, tout cela me rend à la fois malheureux et fou, et je me crains moi-même.....

— Je savais qu'il était arrivé quelque chose pendant ces deux dernières semaines, répondit Una. (Et quoiqu'elle parlât avec calme, elle change de couleur). J'ai entendu dire quelques mots de la conduite de Moylan avec vous, quoique, vous le savez bien, il ne convienne guère à une femme de se mêler des affaires des hommes. Mais j'ai dit le chapelet à cette intention devant Notre-Dame-de-Douleurs, car ceci vaut mieux que toutes les paroles.

— Ma bien-aimée ! dit Randal, regardant presque avec respect le doux visage de celle qui marchait à côté de lui, je connais votre force d'âme et je sais d'où elle vous vient; aussi je crois qu'il vaut mieux tout vous dire. Il y a d'autres pays et d'autres paroisses que Pétersville, Una, et aussi des contrées plus lointaines. Si un homme de cœur ne peut trouver de travail à Balcarra ou aux environs, craindriez-vous de suivre votre mari en pays étranger, et même de passer la mer ?

— Je ne craindrais pas d'aller avec vous jusqu'au bout du monde, Randal, répondit Una, fixant sur lui ses grands yeux innocents, mais il y a ici grand père et grand'mère, et l'école du Père Murphy. Je pense qu'il vaudrait mieux attendre encore un peu et voir comment tourneraient les choses. Mais, d'ailleurs, vous demanderez conseil au Père Murphy ; il vous dirigera, Randal, mon cher, et peut-être trouverez-vous mieux à travailler à Balcarra qu'ici.

Elle ajouta ces derniers mots en remarquant que la contenance de Randal avait changé aux tristes paroles : « Attendre encore un peu », comme si, en vérité, il n'avait pas déjà attendu assez long-temps.

— Vous n'irez pas mettre l'école à la traverse, Una, dit Randal avec véhémence, s'il n'y a pas d'autre empêchement à notre mariage.

— A Dieu ne plaise que je mette rien à la traverse, répliqua-t-elle simplement, mais avec une vivacité qui le rendit tout heureux. Ma pauvre chère école, ajouta-t-elle plaisamment, vous avez été jaloux d'elle comme si c'était un amoureux.

— Et si ce n'est pas un amoureux, à coup sûr c'est une bien-aimée, répondit Randal. Ainsi, maintenant, je vous emmène. Je ne vous éloignerais pas du Père Murphy, mignonne, si je pouvais faire autrement ; mais vous n'aimeriez sûrement pas me voir sans cesse en lutte avec Moylan et Monseigneur ; et certainement vous n'aimeriez pas non plus tenir l'école ici, tandis que j'irais à Bal-carra, comme Owen Rooney et la comtesse Esmé, dans la ballade que chante l'aveugle O'Rourke ?

— Non, non, *Asthore*, reprit Una en riant ; je n'aimerais pas du tout être la comtesse Esmé, avec ma personne dans un endroit et mon cœur dans un autre. Si une femme donne son cœur, elle doit l'accompagner ; elle ne doit pas être en deux morceaux comme la couverture de Nora Macnally.

Randal se mit à rire de si bon cœur que la pauvre Una sentit son esprit soulagé d'un poids bien lourd.

Ils avaient atteint maintenant la rivière traversée par un petit pont qui conduisait directement à la cabane du grand-père d'Una ; et recommandant à Randal de tout dire au Père Murphy et de ne pas manquer de lui rapporter ce qui aurait été décidé, elle lui reprit le panier et s'éloigna d'un pas léger sur les planches couvertes de mousse.

Randal la suivit des yeux pendant quelques instants ; puis il bondit comme un daim par-dessus les pierres branlantes des murs ruinés de deux enclos, et prit le chemin le plus court pour gagner le presbytère

II

Randal avançait d'un pas ferme et saccadé, comme s'il eût renversé du pied toutes les impossibilités.

De tous les habitants du village, c'était lui, peut-être, qui avait
souffert le plus du système de persécution et de prosélytisme qu'un
seigneur indifférent et souvent absent, et son agent, homme à
l'esprit étroit, avaient, depuis quelque temps, organisé à Pétersville.

Ardent et vif en tous ses sentiments, enthousiaste et d'une

grande droiture de caractère, intelligent et doué avec tout cela de sagesse, de beauté, d'un esprit clairvoyant et d'une générosité sans bornes, qui donne toujours sur autrui une énorme influence, Randal Molina était de cette étoffe dont les circonstances peuvent faire un héros aussi bien qu'un grand criminel.

Agé de vingt-quatre ans, il était depuis plusieurs années fiancé à la jeune maîtresse d'école, petite fille de Michaël Macnamara, qu'on appelait ordinairement, par un affectueux surnom irlandais. « l'Orgueil de Pétersville ». Ils auraient dû être mariés depuis deux ans déjà, mais l'agent avait pris ombrage d'un discours libre et hardi de Molina; de plus il portait à Macnamara une haine cachée à cause de sa loyale opposition à la partialité et à la violence avec laquelle il levait les dîmes, à cause de la sagesse et de la piété qui le faisaient respecter de tous, et le rendait, après le prêtre, l'arbitre des simples tenanciers du village. Une fois, la cabane de Molina fut louée à une famille dont les enfants allaient à l'école établie. Une autre fois on lui refusa, sous un prétexte frivole, le coin de terre nécessaire pour ses pommes de terre et son blé. Une autre fois encore il fut obligé de changer à la fois de cabane et de terrain, parce qu'on l'accusa (faussement) d'avoir desséché la terre en l'ensemençant pendant deux saisons de la même manière. Plusieurs fois on lui proposa d'émigrer, afin que le lecteur de l'Écriture eût le loisir de convertir Una pour l'épouser ensuite, car, dans son zèle, le nouveau pasteur, le révérend Exeter Hall avait fait venir de Manchester un lecteur de l'Écriture qui regardait les paysans de Pétersville à peu près comme un faucon regarde une basse-cour pleine de volailles, et semblait surtout occupé à exciter leurs mauvaises passions.

Il est facile d'imaginer qu'entre ce Brooker et Molina il y eut bientôt une inimitié que la moindre occasion pouvait changer en haine ardente. Après que Molina eut fait tous ses efforts pour combattre avec énergie les obstacles qu'on lui opposait, et qu'il se fut appliqué à mettre en bon état sa cabane et sa terre, l'agent lui annonça (ceci avait eu lieu tout récemment) que son bail ne pourrait être renouvelé quand il en paierait la rente, parce que lord Powderhouse avait besoin de sa maison pour un sous-bailli qu'il faisait venir d'Ecosse.

En entendant ceci, Molina avait quitté l'agence sans dire un seul mot.

Il s'était mordu les lèvres et avait serré les dents, craignant les paroles qui pouvaient lui échapper dans le premier mouvement de rage causé par ce nouveau désappointement. Ensuite il avait couru à la cabane de Macnamara où, trouvant la vieille Nora seule, il s'était agenouillé devant elle et avait donné libre cours à la violence de ses sentiments que jusque-là il avait comprimés. Il avait juré que nul pouvoir humain ne pourrait le forcer à supporter plus longtemps cette cruelle persécution.

Si Nora avait été comme la plupart des femmes irlandaises, elle aurait été effrayée de l'emportement de son gendre futur et aurait peut-être décidé qu'un caractère si chaud et si violent ne devait jamais être uni à celui de l'enfant de son fils. Mais la vieille grand'mère avait elle-même un cœur plein de feu et de courage;

aussi sans faiblir un instant dit-elle que si la vieille Irlande était trop étroite pour contenir Moylan et Molina, il y avait d'autres pays faits par Dieu, d'autres contrées catholiques où les cœurs et les bras étaient les bienvenus ; des terres nouvelles où celui qui possédait des os et des muscles pouvait trouver à vivre. Una le suivrait en Amérique, en Australie ou en Espagne, aussi bien qu'elle vivrait avec lui dans sa patrie, et elle ne l'abandonnerait jamais, quand bien même elle ne devrait pas revenir fermer les yeux de ses grands parents. Elle lui avait été solennellement promise devant Dieu, et une honnête fille ne reprenait pas sa parole. Dieu prendrait soin de ses créatures.

Puis, réprimant les expressions d'ardente gratitude que le jeune homme mêlait à d'incohérentes malédictions pour ses ennemis, la vieille Nora posa une main sur sa tête courbée, comme s'il eût été un enfant :

— Randal, *asthore*, dit-elle, ne parlez pas des ennemis comme s'ils étaient les *vôtres*. Nous devons résister autant que nous le pouvons aux ennemis de Dieu, de notre sainte foi et de notre pays. Mais quant à ceux qui disent du mal de nous, qui nous traitent avec injustice, nous devons prier pour eux et leur faire du bien jusqu'à ce que nous ayons attendri leurs cœurs. Voyez ce qu'il disait pour ses ennemis, — et elle montrait le petit crucifix de bois... — Mon Père, pardonnez-leur, car ils ne savent ce qu'ils font...

— Oh ! mère, vous êtes un ange ! s'écria Randal en saisissant sa main ; il n'y a rien d'étonnant à ce qu'Una soit telle qu'elle est, après avoir été élevée par vous ! Et voilà ce qui me rend de plus en plus fou, ajouta-t-il passionnément, car si nous étions unis aujourd'hui, demain je serais un tout autre homme.

— Non, enfant, répliqua Nora, souriant à travers ses larmes, je crois que ma petite fille vous aurait plutôt pour compagnon tel que vous êtes, et c'est mieux. Mais ayez patience et fiez-vous à Dieu — que son nom soit béni. — Il fera pour vous un sentier parmi les pierres, lorsque le moment sera venu. Il en connaît l'heure mieux que nous.

Telles furent ses paroles, et la foi, la confiance qui rayonnaient sur le vieux et beau visage de Nora étaient présentes à l'esprit de Randal lorsqu'il prit congé d'Una pour se rendre au presbytère.

III

Après avoir franchi la porte d'entrée, Randal se trouva dans une jolie petite cour plantée d'un gazon vert comme l'émeraude, symbole ordinaire de l'Irlande, et doux comme le plus beau velours. La demeure du prêtre était tenue avec plus de propreté qu'on ne le suppose, hélas ! avec raison, possible en Irlande, car le Père Murphy avait été dans un collége anglais et en avait rapporté certaines habitudes d'ordre et de méthode, utiles à sa paroisse comme à lui-même.

Randal fit un peu de bruit en agitant doucement la sonnette, mais le sacristain qui lui répondit détruisit ses espérances.

— Il n'est pas ici ? répéta Randal, comme si tout espoir eût été perdu ; quand reviendra-t-il ?

— Pas avant la fin de la semaine. Mais voulez-vous parler à un étranger, ou désirez-vous voir le Père Murphy lui-même ? Il y a dans sa chambre un missionnaire étranger.

— Un étranger ! Randal hésita. La voix affectueuse et familière dont il espérait la bienvenue, lui manquait. Mais enfin c'était un prêtre, peut-être pourrait-il lui venir en aide.

— Oui, dit-il avec un soupir, je me permettrai de le voir, si cela ne le dérange pas.

— Bon, je puis dire que je n'ai jamais **vu** personne se déranger autant et déranger si peu les autres, répliqua le sacristain. Il fait son lit chaque jour ; et, une fois que j'étais plus occupé qu'à l'ordinaire, il balaya lui-même sa chambre. Et, lorsque je lui représentai humblement en m'excusant qu'un prêtre ne devait pas faire pareille chose, il me parla d'une manière si admirable sur Nazareth et Notre Seigneur Jésus qui faisait toutes sortes de choses pour aider sa chère mère (honneur et gloire à tous les deux), que les larmes m'en vinrent aux yeux.

Le sacristain communicatif ne s'arrêta qu'en arrivant à la porte de l'église où conduisait une petite galerie attenant à la maison. Au moment où Randal traversait cette galerie, le prêtre sortait de la sacristie, vêtu pour la messe. Un nuage de contrariété passa sur le visage du jeune homme, qui songea au temps qu'il devrait attendre ; mais un moment de réflexion le fit revenir à lui ; il se glissa dans un banc et couvrit son visage de ses mains. Il se prosterna, esprit, corps et âme devant le trône de Dieu, et lui demanda son assistance comme il ne l'avait pas fait depuis plusieurs semaines, tant il avait été absorbé et irrité par les épreuves qu'il avait eues à supporter. De grosses larmes coulèrent entre ses doigts lorsqu'il fit un examen de ses passions et de la manière dont il pourrait les dompter et rejeter les fortes tentations, les occasions de pécher dans lesquelles il se trouvait ou était entraîné chaque jour par les circonstances de sa vie. La colère et la vengeance, les deux passions principales de la race celtique, semblent brûler dans son cœur avec une ardeur étrange. Comment les vaincre ? Comment pourrait-il vivre sous l'oppression de Moylan et être content et calme ? Comment pourrait-il marcher dans la vie côte à côte avec Israël Brooker, le voir faire la cour à Una et ne pas désirer prendre son sang ?

La sonnette se fit entendre ; peu d'instants après, le prêtre éleva au-dessus de sa tête l'Agneau de Dieu, la muette et passive Victime, qui étant injuriée ne rendit pas l'injure et qui abandonna humblement Elle-même et Sa Majesté au dédain et au mépris des hommes.

Randal sentit l'influence salutaire tombant comme une rosée sur son âme troublée. Il sut ce qui était offert à sa souffrance, et l'adora, le bénit de tout son cœur. Il était facilement et fortement influencé, mais son caractère, comme les caractères analogues, manquait de constance. En ce moment il se sentit réconforté, et lorsque les assistants sortirent lentement de l'église, il était capable de regarder son chagrin en face comme un homme.

Pendant un quart-d'heure, le prêtre, agenouillé dans le sanctuaire, fit sa prière d'actions de grâces, puis, allant à la sacristiei il fit de la porte signe à Randal de venir le trouver. Le prêtre lu parla affectueusement, mais voyant que l'entretien devait durer quelque temps, il l'envoya dans son cabinet, où il devait le rejoindre bientôt.

— Eh bien, mon enfant, lui dit-il en venant en effet le retrouver presque aussitôt ; je regrette beaucoup que le Père Murphy ne soit pas ici, mais je serai heureux si je puis faire quelque chose pour vous. Vous ne regarderez pas un prêtre comme un étranger ?

— Je remercie de tout mon cœur Votre Révérence ; j'avais besoin d'un mot d'avis ; mais peut-être cela vous dérangera-t-il ; et un étranger..... je veux dire, reprit-il en rencontrant un regard qui semblait celui d'un vieil ami, je veux dire quelqu'un qui ne connaît pas le fort et le faible de nous tous ici.

— Croyez-vous que vous ne pouvez pas me dire assez le fort et le faible pour me mettre au courant de votre embarras ? Venez, vous savez bien qu'un chagrin raconté est à moitié consolé.

Randal tordit son bonnet de deux ou trois façons en cherchant le moyen d'exprimer ses pensées en paroles ; enfin il commença, et avant de savoir lui-même comment cela s'était fait, il eut raconté toutes les circonstances, que nous connaissons déjà, absolument comme s'il eût eu affaire au Père Murphy, et finit en disant :

— Père, ce que j'avais à demander était si Una et moi nous pouvons être mariés promptement et aller nous établir hors de Pétersville ; pas trop loin, à Balcarra, par exemple, ou quelque part à portée du père et de la mère.

— Quitter Pétersville ensemble ! Mais miss Macnamara ne dirige-t-elle pas l'école du Père Murphy ? Peut-elle l'abandonner ainsi, après toutes les bontés qu'il a eues pour elle ?

— Je savais que Votre Révérence parlerait ainsi, dit tristement Randal ; mais j'ai omis une partie de mon histoire et je ne vous ai pas dit que Moylan (c'est l'agent), m'a brusquement averti de quitter ma cabane et mon morceau de terre.

Le prêtre agita vivement la main qui couvrait son visage, comme s'il eût été embarrassé.

— Récemment, dites-vous ? Le Père murphy le sait-il ?

— Non, Votre Révérence, c'était avant hier. J'ai été le trouver pour payer la rente, et il m'a dit avoir besoin de ma cabane pour un de ses cousins qui vient ici comme sous-bailli de Monseigneur.

— Mais vous dites avoir arrangé la cabane et la terre de son propre aveu ? s'il en est ainsi, il ne pouvait pas, en bonne justice, vous les reprendre.

— Ah ! certainement, j'ai arrangé la terre, répliqua Randal avec animation. J'ai passé plus d'une heure à bêcher, à peiner, à fatiguer. Je me suis donné du mal aussi en essayant d'une nouvelle manière de couper, d'après un livre qui m'était resté. La vache prit si bien et le lait devint si bon, que j'achetai un beau lot de cochons qui réussirent très-bien aussi. Et la cabane est entièrement couverte de chaume et blanchie par mes mains.

— Avez-vous représenté tout ceci à l'agent ? Sait-il ce que vous avez fait ?

— Il le sait, Père. Il dit que tout cela n'est rien pour lui, qu'il a besoin de ma cabane, car il n'y a que celle-là qui puisse convenir à son cousin. Il dit qu'il a les ordres de Monseigneur et que c'est bien suffisant pour un homme tel que moi.

— Je lui parlerai, dit le prêtre après une courte pause, je le verrai aujourd'hui pour une autre affaire. Ce serait une injustice, à moins qu'il n'ait d'autres raisons, et j'aimerais à entendre les deux parties. Supposez-vous qu'il ait d'autres raisons, mon enfant ? Dites-moi franchement tout ce que vous savez.

Molina tortilla encore son bonnet, puis levant les yeux avec confiance et franchise, il dit :

— Votre Révérence, je ne prétends pas voir plus loin que les autres ; mais je crois que le fond de l'affaire est que Moylan veut faire épouser ma petite fiancée au lecteur de l'écriture Brooker. Je ne puis nommer cet homme, Votre Honneur, sans avoir envie de lui rompre les os, et voilà cette fois toute la vérité.

Il se leva, tant il était surexcité, et marcha vers la fenêtre.

— Voilà une vérité que je n'aime pas à entendre, dit le prêtre d'un ton ferme, mais amical.

— Allons, Molina, soyez un homme ; rendez-vous maître de votre personne. Si vous ne pouvez le faire, mon enfant, je vous avertis que vous ne serez pas béni de Dieu : car vous irez dans le mauvais chemin, et toutes vos affaires iront de même. Ceci est très-sérieux. Votre seigneur est protestant, il désire augmenter le nombre de ses tenanciers protestants et diminuer le nombre des catholiques ; c'est assez naturel. Votre « petite fiancée » est la maîtresse d'école du village et paraît bien vue des parents et des écolières.

— Oh ! là, vous avez raison, Père, elle est chérie de Dieu ! s'écria vivement Randal.

— Si elle s'éloignait, je suppose qu'il serait difficile de la remplacer, et cela mettrait dans un grand embarras le Père Murphy, qui mérite vos égards avant tout le monde, comme votre prêtre et votre véritable père. Si vous êtes en dissentiment avec Brooker, et même si vous ne prenez pas bien garde à vos regards et à vos paroles, avec lui vous ferez un scandale qu'il sera difficile de réparer. Vous serez signalé comme un homme turbulent et querelleur dont il faut débarrasser le pays ; Moylan, alors, pourra vous accuser justement et aura le droit de vous renvoyer. Si vous lui donnez raison contre vous, vous mettez les catholiques, et votre prêtre, et notre sainte foi elle-même dans leur tort.

— Vous avez raison, Père, je le vois bien maintenant, dit Molina. Alors, je m'efforcerai de me tenir aussi éloigné de Brooker que le diable se tient éloigné de l'eau bénite. Mais, ô Père ! ajouta-t-il en changeant soudain d'expression, si seulement nous étions mariés, Una et moi, elle veillerait sur moi, elle m'empêcherait beaucoup mieux que je ne puis le faire, de me laisser emporter par la colère. Mon esprit serait calme, je ne serais pas continuellement irrité. Elle sait aussi bien que moi que j'en serais mieux.

— Una veut-elle se marier maintenant ? Croyez-vous qu'elle viendrait elle-même me dire un mot ?

— Certainement, elle viendra. En vérité, elle sera heureuse d'avoir l'aide et le soutien que j'ai trouvés chez Votre Révérence C'est elle qui est cause que je suis venu aujourd'hui pour avoir quelque conseil sur ce que je dois faire. Elle m'épouserait tout de suite si....

— Si quoi? dit le Père Fitz-Simon. Dites-moi ce que pense Una?

— Père, dit Molina en hésitant et en rougissant, si j'étais au fond du cœur de l'ami Moylan et d'Israël Brooker, je sais que j'ai été très-mauvais pour tous deux et que cela m'a pendant longtemps éloigné de mon devoir ; aussi Una dit avec raison qu'elle est une fille chrétienne et qu'elle n'aura jamais pour mari qu'un chrétien.

— Una dit la vérité, reprit le prêtre. Dites-lui de venir me parler aussitôt qu'elle le pourra ; ce soir, par exemple. Et, mon enfant, rappelez-vous ce que je vous ai dit : la haine, la discorde, l'amertume conservée au fond du cœur n'apportent jamais la bénédiction ; et sur vous, Molina, ainsi que sur la jeune fille que vous aimez à si juste titre, de tels sentiments n'attireront que malédiction. Que Dieu vous conduise et vous donne la force de les éloigner de votre cœur.

— Amen ! s'exclama Molina avec ferveur. Je remercie du fond du cœur Votre Révérence et je vous souhaite le bonjour. Je dirai à Una de venir vous parler ce soir.

— C'est cela, à l'heure qu'elle voudra après l'école.

Le prêtre regarda Molina à qui il commençait à s'intéresser

vivement. Ce caractère impétueux, fier et ardent, mais généreux, maîtriserait-il les circonstances qui semblaient menacer d'entraver sa route, ou seraient-ce, au contraire, ces circonstances qui le domineraient ?

La maison d'école était une des plus jolies de Pétersville. Elle était située à l'extrémité de la rue principale, conduisant à l'abbaye de Duncarra, au lac (Lough Carra) et aux profondes solitudes des montagnes. La maison de la maîtresse d'école, ou plutôt les chambres occupées par elle faisaient partie du bâtiment, car le Père Murphy avait sagement établi l'école des garçons à un autre endroit du village, où il avait construit une petite maison pour les Frères qui la dirigeaient. Dans son presbytère, il donnait l'hospitalité au sacristain, qui était aussi organiste, et à deux jeunes gens qui se destinaient au sacerdoce ; tous menaient ainsi en communauté une existence calme et paisible.

La cloche appelle les petites filles à l'école ; entrons et voyons comment Una s'acquitte de sa tâche d'institutrice. L'intérieur est simple et propre. De chaque côté de la classe se trouve une rangée de bancs ; un côté est presque plein, dans l'autre quelques écolières seulement ont pris place.

Devant le groupe le plus nombreux est un large tableau noir sur lequel un nombre est déjà écrit à la craie. Des images coloriées de l'histoire de Notre-Seigneur sont suspendues aux murailles avec quelques curiosités d'histoire naturelle. Près de la porte est un grand crucifix, et au-dessous du crucifix un bénitier dans lequel chaque enfant, en entrant à l'école, trempe ses doigts pour faire le signe de la croix en même temps qu'une petite révérence.

Au fond de la classe, sur un joli socle en bois sculpté, ouvrage de Randal pendant les soirées d'hiver, est une blanche image de la sainte Vierge, sous un petit dais fait en branches de noisetier. Suivant le désir d'Una, les pieds des grossiers piliers qui soutenaient ce dais cachaient deux pots en terre dans lesquels poussaient des plantes grimpantes, de sorte qu'avec un peu de soin le dais était presque toujours couvert de verdure.

Au-dessous de l'image était placé le banc de la maîtresse, un peu plus élevé que les autres, et de ce trône rustique, des paroles d'une éloquence plus puissante et plus réelle que celles qui souvent sont entendues dans de brillantes assemblées avaient pénétré jusqu'au fond de bien des cœurs.

Elle est maintenant à sa place, avec sa robe de stoff noir, un col blanc autour du cou et un petit bonnet couvrant les épais bandeaux de ses cheveux blonds, tandis que quelque chose dans son doux visage et dans l'expression de ses yeux gris nous fait penser à la Vierge Marie, accomplissant à Nazareth son labeur de chaque jour avec le calme d'un cœur pur.

L'heure sonne, et le tintement monotone de la cloche de l'école cesse de se faire entendre. La maîtresse agite une petite sonnette à main placée à son côté. Alors les enfants s'agenouillent à leurs places et récitent une courte prière, terminée par les actes de Foi, d'Espérance et de Charité. A un nouveau signal une monitrice emmène les plus jeunes des écolières pour lire et réciter le Catéchisme, tandis que la maîtresse s'approche de l'autre groupe et donne une leçon d'arithmétique, très-simple et très-claire. Le Père Murphy, qui réglait les études, avait décidé que les petites filles apprendraient peu de choses, mais qu'elles les sauraient bien, qu'elles sauraient bien lire, bien écrire, un peu compter, et surtout bien travailler à l'aiguille. Et vous pouvez en être sûrs, le Catéchisme était là parfaitement su et compris.

La conséquence de ceci fut que lorsque l'inspecteur était venu, un mois auparavant pour examiner l'école, quoique ayant été plongé d'abord dans un profond désespoir par le manque absolu de philosophie naturelle et d'économie politique, et ayant parlé longtemps au Père Murphy sur les avantages incalculables pour la physiologie de l'esprit humain et pour le caractère humain résultant de ces deux études et de celle de la géométrie et de l'algèbre, il fut néanmoins obligé de mettre dans son rapport certaine note qui parut satisfaire complétement ce curé obstiné et à l'esprit étroit qui ayant eu la curiosité, après son départ d'ouvrir le livre bleu dans lequel est inscrite l'appréciation faite des écoles et des instituteurs, la note suivante, concernant Pétersville :

Lecture. — Excellente. Le ton et l'expression ne laissent rien à désirer.

Ecriture. — En écrivant sous la dictée sans faire de fautes, et avec un caractère hardi et lisible, les élèves de cette petite école en remontréraient à celles d'écoles de plus hautes prétentions.

Arithmétique. — Quoiqu'il soit grand dommage qu'on réprime avec soin l'ambition de poursuivre cette noble étude dans ses branches les plus élevées ; *pour les simples opérations il est impossible d'embarrasser la plupart des écolières.*

Un fait digne de remarque, c'est que, au moment au le Père Murphy ferma le livre, un sourire s'épanouissait sur son visage, et ses yeux brillaient de satisfaction. Je crois même qu'il en vint à cette conclusion perverse : qu'il était suffisamment pourvu à la physiologie de ces esprits.

Pendant la classe d'arithmétique faite par Una, un léger bruit se fit entendre à la porte, et les écolières de Kate Mulloy, attentives jusqu'à ce moment, commencèrent à s'agiter et à chuchotter les unes aux autres.

De l'autre côté de la porte entr'ouverte on voyait deux petites bonnes gens qui télégraphiaient aux écolières de l'intérieur.

Le murmure devint un bourdonnement.

Qu'est-ce que c'est, enfants? dit la voix claire de la maîtresse. Que signifie ce bruit en classe?

Toutes les voix répondirent en chœur: exclamations, explications, excuses, le tout incompréhensible.

S'il vous plaît, madame, ce sont des enfants mangeurs de soupe!

Maîtresse, ce sont les Mangeurs de soupe !

Je vous prie, madame, nous ne pouvons supporter cela; c'est Biddy avec Ellen Rooney !

Oh ! à coup sûr, madame, vous ne les laisserez pas entrer !

Silence, chut, paix, enfants. Taisez-vous toutes. Kate Mulloy, llez à la porte et voyez ce qu'il y a.

Il se fit un profond silence tandis que Kate allait à la porte, et evenait, conduisant par la main deux petites de neuf à dix ans.

La maîtresse quitta sa place et vint chercher les deux enfants u'elle plaça près d'elle.

Où avez-vous été pendant si longtemps, mes enfants?

Madame, nous allions à l'école du pasteur.

(*Ici un murmure croissant et des gestes d'horreur de toutes les écolières*).

Comment avez-vous jamais pu faire une chose aussi blâmable?

S'il vous plaît, madame, miss Powderhouse nous avait trouvées un jour derrière la huche — mère nous avait cachées là; — elle ivait menacé mère qui avait craint pour notre père et qui nous ivait envoyées. Mère a beaucoup pleuré, mais le père avait été malade et pendant longtemps hors d'état de travailler, et il n'y avait pas un morceau à manger à la maison.

(Murmures et exclamations du chœur d'écolières).

Pauvres mignonnes ! murmura doucement Una. Pauvres petits agneaux persécutés, ce n'est pas vous qui êtes le plus à blâmer mais, oh ! combien sont à blâmer ceux qui font commerce de la religion et qui achètent des âmes. Que vous a-t-on appris là, mignonnes ? Vous a-t-on bien traitées ?

Madame, d'abord ils étaient très-bons, et ils nous enseignaient la religion anglicane, répondit l'aînée des petites filles. Ils ont un Catéchisme menteur qui dit une quantité de choses ; il enseigne seulement deux sacrements, madame ; et les instituteurs faisaient dire cela chaque jour à Ellen et à moi ; et M. Brooker, l'homme de l'Écriture, il venait tous les jours et nous instruisait aussi. Il était très-méchant ; oh ! n'était-il pas méchant ? Et le pasteur ! il y va à chaque instant ! Mais Ellen est si petite, elle se levait et ne voulait pas dire ce Catéchisme ; et chaque jour, lorsqu'elle aurait dû répondre : « deux seulement » pour les sacrements, elle criait de toutes ses forces : « Il y a sept sacrements ! » ce qui mettait le pasteur en fureur, et M. Brooker disait qu'il la battrait avec sa canne si elle continuait, car cela faisait rire tous les enfants.

Rire ! répéta Una. J'aurais pensé qu'eux aussi auraient été fâchés.

Oh ! non, madame, continua l'enfant ; ce sont presque tous des enfants mangeurs de soupe ou qui sont envoyés parce que leurs parents craignent le pasteur ou l'agent ; aussi ils étaient très-contents d'entendre Ellen crier la vérité, et ils l'engageaient à recommencer, et quelques-uns plus hardis criaient le symbole : « Je crois en l'Eglise Catholique » aussi fort qu'ils pouvaient, et d'autres choses du même genre, si bien que le lecteur de l'Ecriture jurait et était presque fou. Hier lorsqu'il l'interrogea, Ellen dit : « Il y a sept sacrements qui ont été donnés par le Christ à son Eglise. » Alors il se leva, atteignit sa canne, qui est toujours à sa portée et battit Ellen, qui en portera les marques pendant longtemps.

A ce moment les enfants qui peu à peu avait formé un cercle se pressèrent autour de la maîtresse et des deux petites, et ce fut tout-à-coup une explosion de sifflets et de murmures. Quoique la discipline de l'école fût négligée, Una ne parut pas y faire attention, non-seulement parce que la tentation était trop forte, mais parce que, avec sa sagesse habituelle elle comprenait toute la force morale de l'exemple et l'avantage qui résultait d'un pareil témoignage.

Que dit Ellen ensuite ? demanda Una lorsque le tumulte fut apaisé.

Elle dit, madame, répliqua sa sœur, que si M. Brooker la battait jusqu'à la mettre en compote, elle dirait toujours le véritable Caté- chisme.

Le profond silence avec lequel les enfants avaient attendu cette réponse fut soudain rompu par un tonnerre de trépignements, de cris et d'applaudissements. Una sourit, tandis que ses yeux s'emplissaient de larmes. Elle agita sa main pour faire taire les petites filles

Mes chers enfants , dit la maîtresse, vous avez raison, et je vous aime de tout mon cœur parce que vous applaudissez aux paroles de cette petite enfant, votre ancienne camarade et sœur. Notre-Seigneur, lui-même, mit un petit enfant au milieu de ses apôtres et leur dit que s'ils ne devenaient semblables à lui, ils n'entreraient pas dans le royaume des cieux. Cette petite fille est venue aujourd'hui au milieu de nous et nous a donné une leçon. Nous devons être prêts à souffrir, prêts à endurer le mépris et la honte pour le Christ, prêts à la mort même plûtôt que d'oublier ou de renier notre foi, la sainte foi que saint Patrick nous a léguée, la foi de la véritable Eglise catholique. Maintenant, si quelqu'une d'entre vous était envoyée à l'école du pasteur (ce dont Dieu dans sa miséricorde puisse vous préserver) auriez-vous le courage de dire ce qu'Ellen a dit, et de supporter les coups ainsi qu'elle l'a fait?

— Je l'espère, maîtresse. — Nous le voudrions, madame. — J'espère que Dieu nous soutiendrait, madame. — Telles furent les réponses qui résonnèrent dans toute l'école; et une enfant pâle et infirme, à l'air pensif, répondit, comme si elle eût tiré ces paroles du plus profond de son cœur.

— Par l'aide de la grâce de Dieu, maîtresse, je le ferais et j'en serais heureuse.

— Je le pensais bien; voilà justement ce que j'attendais, dit une voix de basse si près d'Una que celle-ci tressaillit et rougit un peu en se tournant vers le nouvel arrivant. Presque derrière sa chaise était un individu court, blême, mais d'un aspect frappant, dont les mais cheveux noirs qui encadraient son visage et les yeux noirs

et perçants corrigeaient ce qu'il y avait de commun et d'insigni-
fiant dans le reste de son extérieur. Son col blanc et sa longue
redingote noire, mal faite mais d'une propreté scrupuleuse, semblaient indiquer en lui un ministre de quelque religion.

— Je le pensais bien, et je ne me trompais nullement, répéta-t-
il en fixant presque insolemment ses yeux caverneux sur la maîtresse d'école, dont le clair regard l'obligea de détourner le sien.
Est-ce bien, miss Macnamara, de faire ouvertement de votre
établissement un asile pour les déserteurs de l'école de Pétersville ?

— Je vous demande pardon, M. Brooker, mais je pensais que
l'école de Pétersville était ici, répliqua Una avec un faible sourire ;
et, veuillez m'excuser, mais je ne puis appeler déserteurs ceux qui
y reviennent.

— Miss Macnamara, reprit l'autre en essayant d'arrêter son
egard sur Una, et en le détournant soudain comme pour échapper.
x une mortelle fascination ; sans échanger de mauvaises paroles,
e suis venu chercher et réclamer mes agneaux égarés.

— Vos agneaux, M. Brooker ? répondit Una avec une dignité
alme ; mais, excusez-moi, monsieur, je ne puis comprendre que
ous considériez les Catholiques de Pétersville comme faisant
artie de votre troupeau.

— Madame, dit le lecteur de l'Ecriture, j'ai plus d'une fois lutté
vec le Seigneur pour vous, et, armé de cette arme glorieuse de
toute prière » qui est pour tout pèlerin la meilleure défense en
raversant cette vallée de larmes, je suis sorti pour convaincre

otre esprit jeune, mais tristement abusé, d'une vérité de salut.
Vous avez raillé mes efforts les plus louables, vous avez refusé
mes prières et rejeté ma Bible, qui est la véritable Parole de Dieu,
t vous vous êtes enfoncée de plus en plus dans le bourbier des
erreurs papistes. Je dois maintenant vous parler franchement.
Tous ces enfants, tous les enfants de Pétersville et de Ballycor-
mack étant sous la juridiction de notre seigneur lord Powderhouse
et de son honorable sœur et co-héritière, sont aussi sous la juridiction de M. Hall et de moi, quelque indigne serviteur du Christ
que je sois.

— Oh ! cette fois, voilà qui est entièrement vrai ! — Ce mot est
bien juste pour vous : « indigne », — répéta distinctement l'audi-
toire avec des murmures et des chuchottements, ce qui attira aux
petites filles mécontentes un regard furieux de Brooker.

Una agita sa main, et il se fit aussitôt un profond silence.

— M. Brooker, dit-elle en maîtrisant son émotion et en sur
montant la répugnance qu'elle éprouvait à parler à un tel homme
e ne puis entrer ici dans aucune discussion avec vous. Quoi que
vous puissiez dire pour vous glorifier à vos propres yeux, vous ne
pouvez nier que cette école doive être à l'abri de votre intrusion
et les enfants dont les parents sont Catholiques à l'abri de votre
persécution. Excusez-moi, monsieur, si je semble parler avec trop
de hardiesse ou d'une manière inconvenante, mais je suis placée
ici par le Père Murphy, et je dois maintenir ses droits et son autorité.

— Intrusion ! s'écria Brooker ; et sa voix résonna dans toute

l'école, tandis que son œil lançait des éclairs effrayants. Prenez
garde, miss Macnamara ; je vous surveille, ainsi que votre insolent amoureux, oui en vérité, et vous vous trouverez dans l'embarras ainsi que lui, ma belle madame ! J'ai prié pour vous, pour
votre âme, comme un pasteur zélé, un ministre de Dieu, pour vous
sauver des abominations de Babylone ! Maintenant songez à vous
même ! songez à votre vieux grand-père qui peut-être quittera sa
terre et sa cabane ! songez à votre charmant amoureux et voyez
s'il passera encore un an à Pétersville ! songez à lui et à ce qu'i
a gagné pour lui-même. Et si vous ne le voyez pas errer de long en
large en Irlande, mon nom n'est pas Israël Brooker !

— Est-ce là tout ce que vous avez à dire, mon camarade?
s'écria soudain une voix irritée, partant de la fenêtre entourée
de vigne vierge et donnant sur la petite cour, tout près de la
route.

L'instant d'après, bondissant comme un lévrier, Molina entra
dans l'école et vint se placer à côté d'Una, qui mit aussitôt sa
main sur le bras droit du jeune homme.

—Avez-vous fini, maître Israël Brooker? Je vous dis, monsieur
que vous êtes un lâche et grossier personnage, un fanfaron et un
coquin ! Vous êtes un lâche parce que vous venez effrayer des
enfants et des femmes sans défense? Vous êtes un fanfaron, car
vous faites des menaces que vous savez bien ne pas pouvoir exécuter ; et vous êtes un coquin, monsieur, car vous osez insulter la
fiancée d'un honnête homme dont vous êtes indigne de dénouer

les souliers ! Non, Una, ma mignonne, ôtez votre chère main et soyez sans crainte, car je suis tout-à-fait maître de moi !

En disant ces mots, le jeune géant s'empara de la frêle personne du lecteur de l'Ecriture, et avant que celui-ci eût pu recouvrer la parole, le souffle ou la présence d'esprit, le mit par la fenêtre dans la cour. Un instant après, Booker, après avoir proféré des menaces et des malédictions terribles, montra son poing à la maison en lui jetant un regard de haine, et s'éloigna beaucoup plus vite qu'il n'était venu.

V

— Oh! cher Randal, comment avez-vous pu!... dit Una en poussant un profond soupir.

Je suis fâché d'avouer qu'elle riait en même temps.

(On saura que l'*Angelus* avait été dit et la classe doucement abandonnée par les écolières qui prenaient leur goûter dans la cour.)

— Comment ai-je pu ? répondit Randal qui, les bras croisés, regardait Una d'un air triomphant. En vérité, demandez plutôt comment j'ai pu m'empêcher de l'écraser contre la fenêtre? Rien qu'à le voir près de vous, je me suis rappelé les beaux vitraux de l'église, représentant Eve auprès du noir Satan !

— Mais j'espère que vous n'avez pas supposé que j'étais tentée de lui obéir, comme Eve le fit, dit Una riant encore.

— Vous mériteriez d'être punie pour cette parole ! s'écria Randal, Mais il ajouta aussitôt d'un ton plus sérieux :

— Cependant, il n'y a en vérité pas de quoi à rire, qu'un pareil misérable ose songer à vous, Una, ma mignonne. Ceci me met hors de moi. Et s'il n'avait pas le pouvoir de nous faire de la peine, il n'aurait pas menacé de faire quitter l'Irlande à votre grand-père et à moi ; il essaiera probablement de nous faire tout le mal qu'il pourra.

— Cher Randal, dit Una ; pourquoi troubler votre esprit par des pensées si désolantes ? Je désire que vous ayez plus de confiance et que vous preniez toutes choses avec plus de calme !

— Je voudrais le pouvoir, mignonne, puisque c'est votre chère volonté. Il y a tant de douceur dans vos yeux que lorsque je les regarde, je suis plus heureux et meilleur; que Dieu en soit béni !

— Regardez à mieux que ceci pour devenir meilleur, Randal cher! Mais assurément, si même ceci vous soutient, si Dieu a cette bonté de mettre en moi un peu de la lumière de la foi, profitons-en tous deux, répliqua simplement Una. Seulement, Randal, cher, si vous vous emportez de la sorte, je crois que nous serions mieux hors de Pétersville qu'ici.

Un nuage passa sur le visage expressif de Molina en se souve-

nant de la Messe et des résolutions du matin. Una regretta aussitôt ce qu'elle avait dit.

— Cependant, dit-elle avec cette grâce touchante, cette soumis-
sion affectueuse qui distingue les femmes de ce pays de toutes les
autres ; cependant, il n'y a pas de quoi se laisser abattre pour une
parole irréfléchie. Oubliez mes discours insensés et dites-moi
pourquoi vous êtes venu ici à cette heure du jour ? N'avez-vous pas
travaillé toute la matinée à la terre de Cochrane ?

— Je lui rendrai ce temps plus tard, répliqua Randal. Una,
mignonne, j'ai été ce matin pour voir le Père Murphy. Il n'est
justement pas là maintenant, mais j'ai vu un étranger, le Père
Fitz-Simon de Duncarra ; non qu'il semble un étranger pour moi,
car je n'ai jamais rencontré personne de meilleur, et avec qui je
me sente plus à l'aise. Il aurait voulu vous voir et vous dire un
mot si vous le pouvez.

— Comment? dit Una en tressaillant. Oh ! mais alors, pourquoi
m'avez-vous laissé perdre tant de temps ici ?

— Non, ma mignonne, dit Randal. Ce soir. Il paraît qu'il est
très-exact, à ce que dit Larry Brady ; il est debout le matin au
premier chant de l'alouette, et sort de la sacristie lorsque sonne
le premier coup. Una, mignonne, j'ai entendu ce matin la sainte
Messe, et j'ai pris du fond du cœur la résolution d'oublier Moylan
et Brooker et leurs méchancetés ; cependant, vous le voyez, le
diable a encore été trop fort pour moi, et je suis tout aussi mauvais
qu'auparavant.

— Voici la seule parole contre la vérité que vous ayez dite, répliqua Una d'un ton caressant ; car, sans cette Messe, peut-être l'auriez-vous battu ou lui auriez-vous parlé d'une manière plus dure encore. Tandis qu'il n'a été nullement blessé, mais seulement déposé doucement de l'autre côté de la fenêtre, avec beaucoup plus d'égards qu'il n'en méritait ; car, en vérité, c'était une mauvaise action que de venir ici lorsque j'étais seule avec les enfants, et encore pour parler contre notre religion ! Ce que vous lui avez dit n'était que la vérité, et peut-être sera-ce pour lui un avertissement de faire attention une autre fois. Ainsi, Randal, cher, ne vous tourmentez pas, mais évitez-le autant que possible et voyons ce que le bon prêtre me veut. Peut-être a-t-il quelque bonne idée pour nous tirer de peine. Et, cher, lorsque vous aurez fini votre travail aujourd'hui, voudrez-vous voir le lierre de Notre-Dame. Sûrement il a besoin d'être renouvelé ; et ensuite nous irons ensemble au presbytère.

C'est ainsi qu'Una, assise sur un banc de bois (ceci n'est pas dit par les auteurs des nouvelles à la mode) mangeait sa part de goûter entre les heures d'école et réconfortait Molina par ses conseils sages et affectueux. Il se sentit plus heureux et le cœur plus léger, et se rendit volontiers à son ouvrage après avoir causé avec sa « promise ».

VI

La cloche sonnait un appel bruyant dans le fond du beffroi du château de Pétersville, appartenant à lord Powderhouse.

Que nul ne s'imagine naïvement que cette cloche annonçait la prière du matin ; bien moins encore, hélas, le sacrifice de la messe qui était jadis offert chaque jour dans la chapelle du château en présence de ses ancêtres habitants, avant que Cromwell eût disposé de la vieille demeure seigneuriale en faveur d'un de ses partisans puritains.

Le seigneur actuel de ce château était fait d'une autre étoffe que ses belliqueux ancêtres. C'était un bon homme, timide et indolent, rempli de préjugés, doué d'un excellent cœur, mais complétement à la discrétion du trio qui tenait les rênes de son petit gouvernement, savoir : sa sœur, son intendant et le pasteur protestant de Pétersville.

A ce moment, la cloche du beffroi annonçait aux tenanciers de Pétersville que sa seigneurie allait se remettre de ses nombreuses fatigues par un déjeûner substantiel. C'est pourquoi il descendit, ses lettres à la main et ses lunettes sur le nez, les degrés d'un massif escalier de chêne, traversa une large galerie ornée de peintures supportables et se rendit dans la salle à manger, où la table était couverte de gibier, de jambons, d'œufs, de gâteaux d'orge, de beurre, de fruits frais, de conserves, de thé, de café et de chocolat, enfin, de tous les détails d'un somptueux déjeûner.

Derrière la théière d'argent, aux armes de Powderhouse, était assise madame, lisant le *Times* et apparemment trop occupée de sa lecture pour faire attention à lord Powderhouse, qui toussa plusieurs fois et caressa un charmant épagneul qui vint nonchalamment à sa rencontre avant qu'elle eût levé les yeux.

— Bonjour, mylord, dit-elle alors d'un ton bref.

Puis elle reprit la lecture du *Times*.

— A bas, à bas, Die ! Qu'y a-t-il, Dollie, qu'avez-vous là de si intéressant ? Pas de nouvelles de l'étranger ?

— Si, Clodo, beaucoup, et de bonnes nouvelles encore. Rome est évidemment à bout de ressources. Ce pauvre vieux pape semble maintenant près de sa fin ; alors la papauté finira en même temps

et nous aurons un nouvel état de choses. On réunit des souscrip-
tions pour changer Saint-Pierre en Eglise (anglicane, bien entendu)
cathédrale ; et je crois réellement que nous devrions y aller pour
l'inauguration. Ceci me plairait. Mais, ce que je regardais maintenant, c'est la conduite audacieuse des Anglais Catholiques-Romains.
Vraiment, en songeant à leur prochaine et complète extinction, on
ne peut s'empêcher d'être étonné de les voir conserver jusqu'à la
fin leur insolence ! Ils crient à propos de leurs écoles, de leurs
ateliers pour le peuple et de leurs prisonniers, comme s'ils avaient
maintenant le droit de se faire entendre. Je n'ai jamais vu pareille
impertinence ! Ils seront bientôt eux-mêmes en prison ! Je voudrais
qu'ils fussent remis à leur place !

— Bon, bon, ma chère Dollie, je crois que notre place, en ce
moment, est devant notre déjeûner, dit le gentilhomme, d'humeur
plus pacifique, en mettant un coin de sa serviette sous son large
menton. Qu'avez-vous là ? Je préférerais un peu de bécassine, s'il
vous plait ? Passez-moi la crème de Devonshire. J'espère qu'elle
vaut mieux que celle d'hier. Voulez-vous du beurre ? Merci. Du thé
pour moi, s'il vous plaît. Savez-vous quelque chose de Hall ?

— Il était là tout à l'heure. Il est allé remplir un petit message
de ma part, mais il sera bientôt de retour, répondit mystérieuse-
ment miss Powderhouse en préparant le thé de son frère.

En effet, peu de temps après entra humblement, et en glissant
plutôt qu'en marchant, un grand, maigre et sec clergyman qui
semblait s'être courbé et avoir disloqué ses membres par de perpé-
nelles salutations, et peut-être aussi parce qu'il ne savait jamais

exactement son opinion sur un sujet avant d'avoir entendu l'opinion de la personne à laquelle il parlait. Ce clergyman était le
révérend Exeter Hall, recteur protestant de Pétersville, où il était
installé dans un presbytère très-confortable, avec glèbe et un revenu
annuel de 600 livres sterlings, plus quelque chose pour sa communauté, qui, en y comprenant l'intendant, son maître d'école et le
lecteur de l'Ecriture, ne comptait pas plus de seize âmes.

N'ayant pas d'occupation pour employer son temps, M. Hall
était tout à la disposition de miss Powderhouse et faisait du prosélytisme dans toute la paroisse de Pétersville. Ayant été strictement
élevé dans les doctrines de son Eglise et croyant consciencieuse-
ment tout ce qu'il enseignait, Exeter Hall professait fermement les
articles de foi suivants.

1° Que tous les papistes sont idolâtres, adorateurs des images,
des cultes et de la vierge Marie.

2° Que la confession est un moyen d'acheter la permission de
commettre des péchés d'après un système de compensations propor-
tionnées aux fautes commises .

3° Que tous les prêtres papistes et les gens éclairés de la même
communion sont parfaitement convaincus de l'absurdité de leur
croyance, mais affectent une dose suffisante de foi et d'union pour
maintenir et propager le « *système.* »

De ces prémices, il déduisait la conclusion assez raisonnable
que c'était une œuvre religieuse et bonne et un acte d'humanité
en général, que de *convertir* tous les papistes par tous les moyens

possibles et d'expulser par force le papisme de tous les endroits du monde.

Il était protégé par lord Powderhouse, mais bien plus encore par sa sœur, qui agissait sous l'empire de certaines idées féminines de zèle, et qui était surtout excitée par un fort préjugé contre tous prêtres et en particulier contre le Père Murphy, qui avait souvent empêché la réussite de ses plans les mieux combinés. Ajoutez à ceci une vive indignation de l'insolence de tout tenancier osant être en désaccord avec son seigneur et maître et une idée fixe que si l'Irlande pouvait être plongée pendant douze heures dans l'Atlantique et reparaître purgée du papisme et de tous ceux qui lui appartenaient, elle deviendrait un second paradis sur la terre.

Ce matin-là, le Révérend Hall parut plus accablé encore et plus abattu que d'ordinaire par les agressions du papisme. Le beurre qui lui fut passé par la main droite de miss Powderhouse resta intact sur son assiette ; le thé, promptement versé par sa seigneurie et sucré de ses propres mains avec un nombre illimité de morceaux de sucre resta à son côté sans qu'il y touchât. Quelque chose d'extraordinaire s'était évidemment passé depuis peu.

— Avez-vous réussi, M. Hall ? demanda miss Powderhouse, touchée de l'apparence piteuse de son allié.

— Oui, Madame ; c'est... hem ! — j'ai réussi à voir Brooker.

— Mais non à autre chose, je le crains. Il y a quelque chose qui va mal, M. Hall ; mais déjeûnez, je vous prie, vous n'avez encore rien pris ce matin.

Les Diamants.

— Je vous demande pardon pour cette apparente présomption, répliqua M. Hall en inclinant la tête, mais j'espère pouvoir dire avec vérité : « Le zèle pour ta maison m'a nourri et j'ai oublié de manger mon pain. »

Il trempa sa rôtie dans son thé et soupira profondément.

— Qu'est-ce que c'est ? demanda mylord en découvrant un peu sa large personne en partie cachée sous la feuille du *Times*. Qu'est-ce, M. Hall ? Bonjour, mon brave Monsieur, vous entrez si doucement que je ne vous ai réellement pas aperçu. Y a-t-il quelques mauvaises nouvelles dans le village ?

— Hem ! je ne puis dire que ce soient des *nouvelles*, monseigneur, répliqua Hall en soupirant encore. C'est le renouvellement des calamités qui signalent les malheureux endroits où les loups féroces guettent pour détruire le troupeau. Monseigneur, le zèle et le soin attentif de votre admirable sœur (*ici un humble salut*), nous a appris que les Rooneys de Cahir, sur la montagne, dont j'ai enfin décidé les parents à retirer leurs enfants de la vapeur pestilentielle de l'école papiste, avaient négligé de les envoyer à votre école pendant plusieurs semaines ; et j'ai fait une sortie pour trouver Israël Brooker (le vrai chien de garde de mon troupeau), avant qu'il fût parti pour faire sa ronde de chaque jour jusqu'aux cabanes les plus éloignées ; j'ai été assez heureux pour arriver à temps, et j'ai appris avec chagrin que les Rooneys avaient été de nouveau attirés à l'école du prêtre ; que lui, Israël Brooker, les avait suivis dans la gueule de l'enfer, qui est la porte de l'école — pour demander ses agneaux égarés ; et qu'il avait, j'hésite presque à prononcer

une telle insulte pour Votre Seigneurie et votre honorable sœur —
qu'il venait d'être jeté par la fenêtre, de la manière la plus odieuse
par un misérable nommé Molina, l'amoureux de la maîtresse
d'école.

— Jeté par la fenêtre ! Cette fois, voilà qui est sérieux ! s'écria
mylord, et une tache d'un rouge sombre parut sur chacune de ses
joues. Ceci est par trop insolent !

— Insolent ! oui, monseigneur. Maintenant vous le croirez !
s'écria Eudora Powderhouse, se levant brusquement dans la violence de son indignation. Molina, une brute qui devrait depuis
longtemps avoir été chassé du pays s'il n'avait pas plutôt mérité
d'être pendu ! Il ose toucher à notre lecteur de l'Ecriture ! Eh bien !
Clodo, si vous supportez patiemment ceci, je suppose que vous
avez pris votre parti d'être prochainement attaqué vous-même ;
et alors je suppose que vous direz encore que Molina est digne de
pitié !

— Certainement, je dirais qu'il est digne de pitié ! répliqua le
bon gentilhomme, souriant malgré lui, mais mal à l'aise comme il
l'était toujours lorsque Dollie entamait la question des tenanciers ;
un misérable sauvage, comme vous dites, qu'est ce Molina, doit
être, en tous temps, extrêmement digne de pitié, ma chère. Mais il
en est d'autres dont on doit s'occuper aussi, et je ne souffrirai pas
certainement de pareilles énormités. Ou je verrai Molina moi-
même ici, ou j'enverrai Moylan au plus tôt.

— Envoyez Moylan, Clodo, dit miss Powderhouse, envoyez Moy-

lan. Il connaît ces misérables paysans, il est au fait de leurs arti
fices et de leurs mensonges, auxquels Dieu sait que vous n'entendez
rien. Je voudrais que vous pussiez une fois profiter de son expérience. Votre cœur est cinquante fois trop bon pour l'Irlande et les
Irlandais.

— C'est un défaut qui, je le crains, ne pourra jamais vous être
reproché, Dollie, répondit mylord en piquant avec importance les
miettes qui entouraient son assiette. Mais, ma chère, je n'aime pas
à vous voir si dure pour les tenanciers et si irritée contre eux ;
vous pouvez par là nous jeter tous dans de grands embarras et
compliquer les difficultés de ma situation d'une manière très-
sérieuse.

— Vous compliquez vous-même les difficultés de votre situation,
Clodo, par votre faiblesse absurde et votre indécision, s'écria Dollie
en marchant majestueusement vers la porte, et vous ne pourrez
jamais les surmonter si vous ne prenez conseil 'd'hommes plus
fermes et plus résolus que vous. Vous devriez pour cela prendre
une leçon des prêtres papistes. Ils n'ont ni scrupules ni hésitations
lorsqu'ils ont décidé qu'un chemin est le meilleur à suivre. Ils sont
fermes, inflexibles et inébranlables lorsqu'un but doit être attteint,
et c'est pourquoi je les respecte.

— Ah ! ma chère et honorée mis Powderhouse, interrompit
M. Hall, vous devez vous souvenir qu'une volonté aveugle et
tyrannique est un des signes caractéristiques de la terrible Bête ;
ils sont nourris dans les idées d'une tyrannie cruelle et altérée de

sang que vous ne voudriez jamais pousser sa seigneurie à imiter

Considérez, ma chère dame...

— Je considère, interrompit brusquement l'indomptable Dollie je considère que si les paysans irlandais doivent être menés par leurs prêtres contre les seigneurs, et contre la loi et l'ordre, toute réforme et toute religion sera complétement mise à néant, et nous ferions aussi bien de prendre notre parti d'avance : d'avoir la tête coupée ou d'être atteints par une balle passant à travers la fenêtre tandis que nous sommes à dîner.

— J'espère bien qu'il n'en sera pas ainsi, que Dieu nous en préserve! dit mylord en s'agitant sur sa chaise ; votre imagination vous emporte trop loin, Dollie, et vous vous exprimez avec tant de véhémence que vous évoquez des chimères auxquelles personne ne songe. Calmez-vous, ma chère, et laissez-nous prendre nos informations d'une manière juste et convenable.

— Prenez vos informations autant et aussi exactement qu'il vous plaira, répartit la dame obstinée en avançant les lèvres avec dédain. Je prendrai mes mesures et j'en tirerai moi-même mes conclusions, comme j'ai l'habitude de le faire

Et en parlant ainsi Eudora sortit de la salle à manger.

VII

— Que faut-il faire ? dit nonchalemment mylord.

—Je conseillerais à Votre Seigneurie d'envoyer chercher l'agent, répliqua Hall après une pause solennelle.

— Mais ne vaudrait-il pas mieux envoyer chercher le jeune homme lui-même ? J'ai souvent eu l'idée que je devrais voir davantage ces pauvres tenanciers abusés. Peut-être pourrais-je, par la douceur, prendre sur eux quelque influence.

— Le désir le plus louable et le plus chrétien ! s'exclama M. Hall.

— Mais, voyez-vous, continua mylord en se levant et se plaçant le dos au feu, je suis si peu habitué à parler dans ce pays à cette sorte de gens ! Ils parlent si vite et dans un langage si étrange, ils s'expriment d'une manière si singulière que je puis à peine saisir la tête ou la queue de ce qu'ils ont voulu dire. Quand ils s'en vont alors, ils sont plus sauvages et plus excités que jamais et moi plus embarrassé encore, de sorte que c'est extrêmement pénible pour les deux parties. Ce sont réellement des gens incompréhensibles, et l'on a peine à savoir comment agir avec eux.

— En vérité, mon cher seigneur, je suis entièrement de votre avis, répliqua M. Hall. C'est certainement une lourde charge pour vous — une charge très-lourde, en vérité. Je vous conseille d'envoyer chercher l'agent, monseigneur. C'est vraiment une énigme que la manière dont on doit se conduire avec ces gens. C'est une énigme, en verité. Faut-il sonner ?

— Vous croyez que cela vaut mieux ? Eh ! bien ; oui.

La sonnette fut tirée et un messager fut dépêché à M. Moylan pour lui dire de se rendre immédiatement au château.

Au bout de dix minutes, M. Moylan arriva et fut conduit dans le cabinet de mylord pour y attendre ses ordres. Il n'y avait rien d'étonnant à ce que miss Powderhouse eût conseillé à son frère d'envoyer l'agent pour s'enquérir du crime de Molina au lieu de s'en inquiéter lui-même. Nul ne pouvait se trouver en face de Malachi Moylan sans comprendre aussitôt que c'était un homme d'une volonté inflexible et capable des résolutions les plus énergiques. Son beau visage bronzé, son nez droit aux minces narines, ses sourcils épais se joignant presque, ses yeux d'un bleu clair, au regard perçant, enfin toute son apparence indiquait clairement quel était l'esprit net, hardi et résolu qui animait son corps.

— Bonjour, Moylan, dit mylord à son agent, asseyez-vous, je vous prie. Je vous ai envoyé chercher pour vous prier de rechercher les circonstances d'un curieux différend entre Israël Brooker et un jeune homme nommé Molina. Savez-vous quelque chose de Molina ?

— Oui, monseigneur, en vérité, je lui ai justement donné dernièrement l'ordre de quitter le pays.

— Ah ! je n'en savais rien. Ne payait-il pas bien ses redevances ?

— Ce n'est pas tout à fait cela, monseigneur. Non, de ce côté il n'y a rien à dire sur lui ; mais sa cabane est la seule qui soit assez décente pour y loger Macbriar, le nouveau sous-bailli.

— Ah ! le sous-bailli ? je vois. Il attendait, je crois, après un maison ?

— Oui, monseigneur, et de plus c'était une bonne occasion de se débarrasser d'un homme d'un caractère dangereux, comme je regrette de dire qu'est ce Molina.

— En quoi dangereux ? J'ai déjà entendu dire ceci. Expliquez votre pensée.

— Monseigneur, Molina est un garçon qui, s'il se considérait comme offensé, ne reculerait devant aucun crime.

— Ah, vraiment ! s'écria mylord mal à l'aise et regardant du côté de la fenêtre comme s'il se fût souvenu des fusils et des balles.

Miséricorde ! quel pays que celui où l'on ne sait jamais si la vie même est en sûreté ! Mais alors, monsieur, quelle folie que d'aller donner à un pareil homme l'ordre de s'en aller !

Un sourire imperceptible dilata les narines et plissa la lèvre mince de l'agent qui eut grand soin de tenir ses yeux fixés sur le tapis.

— Monseigneur, répliqua-t-il après une courte pause, comme s'il eût pesé ses paroles, si je pliais ainsi devant le peuple, ou si je montrais la plus légère crainte, je resterais complétement sans défense à la merci des paysans. Les papistes irlandais, bas, igno rants et impressionnables, sont habitués à être traités par leur prêtres avec un despotisme absolu. Ils sont littéralement gouverné par le fouet et le bâton ; et si le seigneur veut conserver leur res pect, il doit toujours tenir le fouet devant leurs yeux.

L'agent leva ses yeux cruels, et mylord, lui-même, fut frappé de 'éclair froid comme l'acier qui en jaillit.

— Il y a de la vérité dans vos remarques, jusqu'à un certain point, répliqua-t-il ; mais vous allez trop loin et je n'aime pas vo paroles. Je ne désire pas, je serais très-fâché de croire nécessaire le tourmenter mes pauvres tenanciers. Je désire qu'ils connaissen es vérités salutaires de notre pure religion et qu'ils soient tiré le leurs erreurs, mais non pas qu'ils soient pourchassés et aiguil onnés comme des brutes. Je crains qu'on n'ait été beaucoup trop animé de cet esprit pendant le dernier siècle, et cela a laissé une nauvaise impression , quoique toutes ces histoires soient san doute fort exagérées. Avez-vous appuyé sur quelques bonnes rai sons l'ordre de partir que vous avez signifié à Molina, et lui avez-vous donné du temps ? Il vaudrait mieux élever une maison pour Macbriar que de chasser un paysan bon et industrieux.

— Monseigneur, les raisons principales sont l'humeur rageuse et le caractère querelleur de Molina, répliqua Moylan d'un ton calme, car il avait été mis en défiance par les paroles de son seigneur. Molina ne peut laisser tranquille le lecteur de l'Écriture et il lui fait sans cesse de mauvais tours. Brooker lui en veut, et cela produit un mauvais effet dans la ville. D'ailleurs, mon cher seigneur, l'hiver approche, et je puis vous assurer que Macbriar est bien nécessaire ici. Il est impossible (je ne voudrais pas insister ni déplaire à l'excellent cœur de Votre Seigneurie); mais il est réellement *impossible* de tenir ces gens à l'ouvrage sans une main ferme et un œil attentif qui les surveille.

— Je vous crois, et je connais votre zèle, Moylan, dit mylord. Je suis très-fâché que le jeune homme et Brooker soient en désaccord. Brooker me paraît doux et charitable envers les pauvres.

— Il l'est, en vérité, comme Votre Seigneurie l'a justement observé, répliqua Moylan avec une nouvelle contraction des lèvres. Vraiment, je l'ai vu à l'ouvrage, et il me semble donner un excellent exemple au peuple. Je ne prétends pas moi-même à une très-grande piété et je ne puis citer l'Écriture comme Israël et M. Hall; mais je crois, monseigneur, que vous me trouverez toujours à ma tâche pour la cause de l'Église établie et pour mon seigneur, dans es bornes du devoir.

— Je n'en doute en aucune façon, Moylan, dit cordialement mylord. Vous avez su mériter mon respect et mon estime. Moylan s'inclina avec modestie, en même temps qu'avec dignité. Mais revenons-en au jeune homme; vous dites que c'est un bon tenancier. A-t-il arrangé sa cabane et sa terre? Est-ce en bon état?

— Il a fumé la terre et couvert la cabane; il y aura maintenant une bonne récolte, répliqua Moylan, qui dédaigna de mentir.

— Ah! bien; ceci est digne de louange. L'industrie doit être, dans ce pays, recherchée et récompensée avant tout. Il mérite un bon dédommagement. Ceci, je n'en doute pas, lèvera toutes difficultés. J'aimerais à le voir et à causer un peu avec lui. Une ou deux bonnes paroles font beaucoup avec les pauvres gens. Si vous voulez avoir cette bonté, Moylan, envoyez le jeune homme au château ce soir et je le verrai. Je vous assure que je plains sincèrement ces pauvres gens abusés. Souvent lorsque je me promène à cheval dans les montagnes et que je remarque leurs regards en-dessous et soupçonneux, je ressens la plus profonde pitié pour leur situation. Ils semblent me considérer comme un tyran et un ennemi. Après tout, il est vrai qu'ils sont terriblement gâtés par leurs prêtres.

Un nuage sombre passa sur le visage de l'agent.

— Votre Seigneurie n'a jamais prononcé une parole plus vraie! Et comme si le Père Murphy ne faisait pas assez de mal, il a appelé, ou l'évêque a envoyé dans la paroisse un étranger pour une « mission. » Celui-là est pire que l'autre, comme Satan est pire que ses diables. Je le rencontre partout, mettant un doigt ici, un doigt là et un rais à chaque roue; si bien que le peu que Brooker a pu faire en décidant les plus pauvres parents à envoyer leurs enfants à l'école de Votre Seigneurie, a été défait par ce maudit prêtre en un tour de main. Et puisque Votre Seigneurie m'en parle, je dois lui dire qu'il m'est très-pénible que le Père Murphy se jette à la traverse de tout ce que j'entreprends, même pour la culture de la terre, qui ne le regarde en aucune façon. Grâce à lui, Macbriar ne peut jamais exécuter les améliorations à la manière écossaise, que nous avons projetées. Partout où un papiste, lent, lourd et paresseux est à l'abri, et un protestant, intelligent et actif, au dehors, le prêtre traverse mes projets avec ses « droits » et sa « justice » et ses « appels, » de sorte que j'en viens à souhaiter du fond du cœur que tous, tant qu'ils sont, prêtres et paysans, retournent dans l'enfer d'où ils sont sortis. Voilà la vérité!

Son sang s'échauffant par la haine, Moylan, cette fois, avait effectivement dit la vérité, et même beaucoup plus qu'il n'en avait eu d'abord l'intention.

—Je n'étais nullement au courant de tout ceci, dit gravement mylord, reculant en quelque sorte à son tour, à cette soudaine irruption du volcan. Vous auriez dû, Moylan, me tenir mieux au courant de l'état des affaires. Comment se fait-il que, jusqu'à présent, vous ne m'ayez jamais parlé de ces différents entre le père Murphy et vous?

L'agent savait très-bien pourquoi. Il aurait peu aimé que mylord eût entendu et vu tout ce qui s'était passé entre lui et le curé. Si peu qu'il eût sondé l'étendue de la bonté de cœur de lord Powderhouse, il savait que c'était un gentleman et un homme d'honneur, et il aurait été peu satisfait que les vexations, la tyrannie et les exactions dont il s'était rendu coupable eussent été mises en lumière de manière à former un contraste frappant avec la patience, la tolérance et le courage du troupeau du Père Murphy. Il craignait maintenant plus que jamais, car il voyait sous un nouvel aspect l'intégrité naturelle du caractère de son maître et comprenait les qualités cachées qu'un long temps d'indolence avait obscurcies. Aussi résolut-il de lui jeter de la poudre aux yeux aussi vivement et aussi adroitement que possible.

— Je crois, Monseigneur, que j'ai été complétement dans mon tort, dit-il avec l'accent le plus humble et le plus contrit. Je n'ai jamais vu aussi clair auparavant, mais je crois que j'ai fait exactement le contraire de ce que je devais. J'ai été tellement habitué à parler sur ces sujets à miss Powderhouse, et à lui raconter mes moindres ennuis que j'ai négligé de m'assurer qu'ils étaient rapportés à Votre Seigneurie. J'ai pour excuse d'ailleurs, que miss Powderhouse faisait tout ce qu'il y avait à faire et que je n'avais pas le droit d'ennuyer deux fois de toutes ces choses. J'ai agi pour le mieux, mais je crois maintenant que j'étais complétement dans mon tort.

— C'est assez — plus qu'assez ; n'en dites pas davantage, Moylan, répliqua mylord ; je voudrais que chacun fût aussi disposé que vous à reconnaître la vérité lorsqu'on la lui montre. Si quelques lettres ont été échangées entre vous et le père Murphy, j'aimerais à les voir. Et je vous prie, n'oubliez pas de m'envoyer ce soir le jeune Molina ; lorsque je l'aurai vu et entendu, j'aimerais à causer avec vous à propos de cette affaire, qui doit être terminée le plus tôt possible. Adieu.

VIII

Surpris, déconcerté, désappointé, hors de lui , toutes les bouil-
lantes émotions que la force d'une volonté énergique avait ren-
fermées au fond de son cœur firent explosion dès que Moylan, sorti
du cabinet de mylord, traversa la grande salle.

Ainsi, le doux et docile instrument manié sans peine par sa sœur
ou par lui-même, s'était, en quelques heures, transformé en un
maître ayant une volonté et une opinion à lui ! Il voulait se mêler
de ses propres affaires, voir par ses yeux et diriger lui-même. Une
belle aventure ! Comment se tirer de là ?

Les Diamants.   5

— Oh ! que ıe ɑıɑbıɵ emporte tout !

Et, dans un accès d'irritation et d'inquiétude, l'agent, oubliant sa prudence habituelle, proféra tout haut cette bénédiction. A ce moment même il s'aperçut de la présence et de l'attention muette du solennel sommelier poudré et vêtu d'étoffe cramoisie, qui, sans remuer un muscle de sa face, dit lentement :

— Miss Powderhouse désire vous parler dans le petit salon, s'il vous plaît, M. Moylan.

Cette porte, Monsieur ?

— Eh ! bien, le diable est certainement là pour protéger les siens.

Telle fut la soudaine réflexion de Moylan, qui, cette fois, garda ses pensées pour lui-même.

Il suivit le solennel sommelier, se conformant à la respectable gravité de sa démarche habituelle.

— Je me demande s'il a été destitué ou seulement bien secoué, pensa Steadman, le solennel sommelier en marchant devant lui d'un pas lugubre. S'il doit partir, il faut que je lui rappelle le petit baril d'eau-de-vie des montagnes qu'il m'a promis. J'y penserai quand il sortira.

L'honorable Eudora Peresford Powderhouse, appelée communément Dora ou Dollie, par ses amis qui étaient en petit nombre et « Powderpuff » par ses chers détracteurs et ennemis dont elle possédait un nombre plus que suffisant, était assise près de la fenêtre dans un petit salon qu'elle avait fait arranger pour son usage particulier. Comme d'habitude elle était au milieu d'un *Océan* de pɑpiers d'affaires. C'était tout à fait une femme d'affaires que l'honorable Eudora.

La lourde table qui était près d'elle était amplement fournie de tout ce qu'il fallait pour écrire. D'après la masse de lettres et de papiers qui couvraient cette table il était évident que, si lord Powderhouse avait été quelquefois négligent et paresseux pour ses affaires, sa sœur n'aurait jamais plaidé coupable pour la même cause.

Lorsque Moylan entra, elle lui indiqua une chaise sans lever les yeux de dessus la grande feuille bleue qu'elle parcourait. Elle continua tranquillement jusqu'à la fin, plia la feuille, la mit sous enveloppe, la cacheta et l'attacha avec un fil rouge. Ceci fait, elle appuya ses deux coudes sur les bras de son fauteuil et regarda fixement Moylan bien en face. Au bout de peu d'instants les yeux clairs de celui-ci s'abaissèrent vers le plancher.

— Vous êtes fou, dit-elle, lorsque ce haut fait fut accompli.

— Miss Powderhouse!...

— Retenez votre langue. Je n'ai pas besoin maintenant de subterfuges. Je dis que vous êtes fou, et vous le savez bien. Vous avez perdu le temps à des bagatelles et manqué l'occasion de les perdre tous ; maintenant rien n'aura lieu, si ce n'est une explosion qui gâtera tout.

— Miss Powderhouse, excusez-moi ; comment pouvais-je prévoir le caprice de mylord ? Que pouvais-je faire d'autre que ce que j'ai fait ?

— Oh ! taisez-vous ; vous me rendrez folle ! s'écria Eudora en prenant son front de ses deux mains. Prévoir ce que fait un homme sans caractère! n'est-ce pas toujours un jouet qui va et vient à la merci de chaque vague? Que pouviez-vous faire? Mille choses, si vous n'aviez pas été un fou! Brooker ne pouvait-il pas avoir une querelle avec Molina, de manière à ce que celui-ci fût condamné et déporté pour la vie? Cette précieuse maîtresse d'école ne pouvait-elle pas être embarquée dans un autre vaisseau et mariée, bon gré malgré? Et surtout, ce prêtre ne pouvait-il pas être gagné ou effrayé, ou harcelé dans sa quiétude, au lieu d'entraver mes projets et de détourner de mes écoles les enfants qui y viennent? N'avais-je pas cinq cents enfants papistes sur mes livres, à Ballina? et maintenant il n'y en a que cinq! Dans mon atelier je n'en ai que trois, au lieu de cinquante-deux! J'ai justement envoyé chercher Brooker qui m'a fait son rapport: le mois de mai, il visitait soixante-dix-neuf familles à qui il lisait les Écritures; maintenant il est insulté, ou raillé, ou chassé par tous, excepté quatre. Les rapports pour le « Point du Jour » et les « Sociétés de la lumière spirituelle pour les papistes de l'ouest de l'Irlande » doivent être envoyés ce mois ci. L'année dernière, ils ont été reçus à Londres avec des applaudissements unanimes; cette année je serai couverte de honte et peut-être perdrai-je mes priviléges, — et *tout ceci* par votre faute!

— Miss Powderhouse, je vous supplie...

— Non, je n'ai pas encore fini! Si vous espérez que je continuerai comme je l'ai fait jusqu'à présent, protégeant et excusant, et arrageant tout pour le mieux, vous vous êtes complétement mépris. Vous êtes l'agent de mylord pour la propriété, c'est vrai ; mais vous savez fort bien que je ne vous ai fait avoir cette position qu'à la condition expresse que vous contribueriez par tous les moyens à soutenir l'Eglise irlandaise et les glorieux principes de la Réforme ; et maintenant, monsieur, répondez-moi franchement, comme un homme : Etes-vous prêt, si besoin est, à vous plonger jusqu'aux genoux dans le sang des papistes ; ou n'êtes-vous qu'un misérable apostat ?

— Miss Powderhouse, voici de dures paroles, répliqua Moylan avec un calme parfait, en se levant et baissant les yeux sur elle en parlant. Si vous étiez un homme, je vous répondrais à l'instant en vous jetant sur le plancher, mais comme vous êtes une dame et à qui j'ai beaucoup d'obligations, je me bornerai à des paroles : je suis prêt à me plonger jusqu'aux genoux et même jusqu'aux lèvres dans le sang catholique, je hais cette religion et ses esclaves, et les prêtres qui la soutiennent, plus que la mort. Quant aux autres questions (il leva une main et frappa avec l'autre ses doigts un à un, à mesure qu'il parlait) : 1° j'ai employé tous les moyens pour faire naître une querelle entre Molina et Brooker. La force des deux prêtres et des Macnamara l'a retenu jusqu'à présent. Mais notre chance nous a fait réussir maintenant à l'école ; 2° malgré où il pouvait n'y avoir ni procès ni déportation, maintenant j'espère les deux ; 3° si miss Macnamara avait été enlevée comme j'en ai fait le projet plusieurs fois, l'évidence aurait été telle contre Brooker, qu'il aurait fallu porter la cause devant la cour du comté ; 4° j'ai taxé Macnamara pour réparations, etc, au-delà de ses moyens, et je lui ai fait offrir par un ami une terre en Amérique. Le prêtre lui a donné de l'argent pour payer la taxe et l'a empêché de quitter la ville ; 5° enfin, quant au prêtre lui-même, il est le diable ou le diable le soutient comme sa créature ; et, si je le pouvais, je l'enverrais dès demain rejoindre son maître. Mais c'est un hypocrite consommé et je ne puis trouver une déchirure à son habit. Il ne m'a jamais été possible de le prendre en défaut.

— Trouver une déchirure ! Mais faites-en une, Moylan ; ce sera tout aussi bien. Bagatelle ! Ne pouvez-vous déterrer quelque vieille histoire de son expulsion du collége, que nous avons entendu raconter lorsqu'il est arrivé ici ? Faites seulement le canevas de l'histoire, et je vous réponds qu'elle sera amplifiée et répandue.

Moylan fixa ses yeux bleus d'acier sur sa patronne, et un léger sourire, qui lui était tout particulier, parut sur son visage.

— Vous êtes certainement une dame de beaucoup d'imagination, répliqua-t-il ; je crois, miss Powderhouse, que ce roman d'un nouveau genre serait mieux entre vos mains. Je puis dire seulement que si vous me débarrassiez de ce prêtre, ou si vous portiez un bon coup à sa réputation, les tenanciers vous donneraient moins d'embarras.

— Eh ! bien, dit Eudora après une courte pause, là-dessus nous verrons ce qu'on pourra faire. Du reste, vous vous êtes tiré de cette ornière mieux que je ne l'espérais. C'est une immense satisfaction pour moi de voir que, quelque chose qui vous arrive, vous ne perdez jamais contenance. S'il est une chose sur terre que je déteste et que je méprise, c'est un homme au cœur mou. Vous êtes

un bon travailleur, et j'aurais été sincèrement fâchée de vous trouver indigne.

— J'espère que ceci n'arrivera jamais, dit Moylan avec son calme
et son assurance habituels qui ne dégénéraient jamais en croyance.
Il la regarda même comme s'il eût été capable d'avoir quelque dévouement pour la noble dame qu'il servait. Elle avança sa main
nerveuse et fine, mais il ne la prit pas.

— Un mot encore, dit-il tranquillement. Monseigneur insiste
très-décidément pour voir Molina lui-même, et ce soir. Lorsqu'il
viendra au château, vous sera-t-il possible d'avoir Brooker tout
prêt à constater ses torts? Mais ayez soin, dans ce cas, miss Powderhouse, de lui recommander d'être extrêmement doux et humble;
car monseigneur l'a remarqué justement pour ces qualités! Plus il
sera doux, plus Molina s'échauffera, et si nous pouvions en une
seule fois être débarrassés de lui et des Macnamara, nous pourrions
dire que la journée est à nous. Je crois presque que vous-même ne
connaissez pas monseigneur. Il y a dans son caractère des côtés
cachés que vous ne pouvez toujours gouverner.

— C'est-à-dire que *vous* ne pouvez. Je n'ai pas la moindre
crainte à ce sujet. Ne me tourmentez pas encore à cause de lui, cela
m'irrite trop. Bonté du ciel! si j'étais seulement à sa place, seulement pour une fois à la chambre! Et être condamnée à rester ici,
avec des jupes et des robes et à voir le pouvoir et l'influence
qu'il néglige! Oh! si j'avais seulement un pouvoir égal à ma volonté!

Tandis qu'elle proférait cette dernière exclamation, en marchant

de long en large dans la chambre et en croisant ses bras, Eudora
aurait pu servir de modèle pour une sybille inspirée. En cessant
de parler elle appuya ses bras sur le dossier d'une haute chaise
gothique. Sa belle et majestueuse figure, pleine de noblesse, son
visage animé, ses yeux noirs lançant des flammes, la bouche et
le menton exprimant le sarcasme et la colère, les larges nattes de
ses cheveux d'un blond ardent formant à sa tête un lourd diadème
et retenues par deux énormes épingles de bois et d'or, tel était
l'ensemble sur lequel les yeux s'arrêtaient, non pas avec plaisir,
mais avec une vive admiration, mêlée de regret et de crainte. On
voyait que c'était là une royale et noble créature, gâtée par l'orgueil le plus inconsidéré. Qui aurait pu courber cette belle tête
sous le joug si doux du Christ? Qui aurait ouvert ces yeux aveu-
glés à la lumière de l'Evangile et aurait pu les attendrir par les
larmes d'une humble contrition ?

Si ceci avait pu être fait, Eudora Powderhouse aurait servi Dieu
comme elle n'avait jamais servi ni elle ni ses idoles.

Moylan s'avança vers elle. Il avait réussi comme il y avait d'ailleurs bien compté. Il n'avait ni l'enthousiasme du dévouement, ni
celui d'un sentiment profond et généreux même dans l'erreur.
Il calculait, prenait une résolution et marchait froidement vers le
out.

— Ayez patience, miss Powderhouse, dit-il tranquillement. Ne
ourmentez pas votre esprit si supérieur; le calme réussira tou-
ours, l'enthousiasme, *jamais*. Ne perdez pas de vue ce qui a été

décidé, je vous tiendrai au courant de ce qui se passera. Adieu
je suis sûr que vous avez besoin de repos.

Il lui prit la main qu'il garda un instant, puis saluant avec respect, il partit.

IX

Ie soir de ce même jour, pendant que lord Powderhouse avait avec Molina au château un entretien dont on connaîtra plus tard les particularités, Israël Brooker, au lieu d'être à portée de seconder les plans de Moylan, s'était égaré dans les montagnes de Cahir où il avait été dans l'intention d'effrayer ou de flatter les Rooneys. Il n'avait pas trouvé un seul être humain dans les cabanes, quoiqu'il fût facile de voir qu'elles avaient été récemment occupées et quoiqu'il eût pu jurer avoir entendu un sifflement aigu à son approche. Mais il ne put apercevoir le moindre Rooney, et Brooker, frusté à la fois des enfants et du bol de pommes de terre sur lequel il avait compté, dut s'éloigner désappointé et retourner du côté de la maison dans une disposition d'esprit peu aimable. Peut-être sa mauvaise humeur contribua-t-elle à sa méprise; toujours est-il qu'il prit un sentier plus rude que celui par lequel il était venu, et qu'il se figura devoir le conduire directemeut en bas de la montagne.

Mais, au contraire, il s'égara, et lorsque la nuit vint, Brooker reconnut qu'il se trouvait au centre de Cahir-na-Duigan, le plus sauvage amphithéâtre de la chaîne de Pétersville, et réputé comme très peu sûr, d'abord à cause des contrebandiers et des braconniers qui, prétendait-on, s'y réfugiaient, et, de plus, à cause des apparitions surnaturelles dont on parlait dans tout le pays environnant. Les sentiers aboutissaient tous à un carrefour au milieu duquel un monceau de pierres indiquait l'endroit où un meurtre avait été commis. Derrière ces pierres était un étang profond, ressemblant à « un puits. » Autour, les montagnes désolées et abruptes, couvertes seulement de genêts et de bruyères sauvages, semblaient, dans l'ombre de la nuit, se confondre avec le ciel.

Lorsque Brooker reconnut où il était, il fut couvert d'une sueur froide. Il s'arrêta pour écouter s'il n'entendait pas un passant ou quelque bruit indiqqant la présence d'un être humain. Mais il n'entendit d'autre son que celui des battements de son cœur. Il n'aperçut rien, mais — ah! Etait-ce réellement un être humain ou l'un des fantômes qui hantaient cet endroit diabolique? Quelque chose errait certainement autour des pierres et disparut soudain parmi elles. Les genoux de Brooker tremblaient sous lui. Il avait souvent vu les villageois faire le signe de la croix dans les dangers imprévus, et maintenant il aurait voulu pouvoir les imiter. De nouveau la forme vague qu'il a déjà entrevue paraît, errant autour de l'étang désolé. Elle regarde dans l'eau sombre et soudain, étendant ses bras au-dessus de l'étang, pousse un cri perçant et lugubre comme le lecteur de l'Ecriture n'en a jamais entendu. Il frissonne d'horreur, car il lui semble qu'un damné seul peut avoir poussé ce cri de rage et de désespoir. Involontairement il tombe à genoux et murmure les textes sacrés et les versets qui lui reviennent à l'esprit. Il était trop paralysé par la terreur pour remarquer le moment précis où l'être qui paraissait alors, en quelque sorte, suspendu au-dessus de l'étang, s'était aperçu de sa présence ; mais l'instant d'après la forme changea de place et se dirigea avec une incroyable vitesse vers l'endroit où Brooker était agenouillé. Il avait alors complétement perdu sa présence d'esprit pour reconnaître tout de suite que ce qui approchait de lui paraissait être un garçon d'environ douze à treize ans.

— Eloigne-toi, éloigne-toi de moi, Satan ! O Dieu de miséricorde, délivre-moi de ses mains ! Je te brave ; retourne dans le puits ! Pourquoi me tourmentez-vous lorsque je fais les affaires de mon Maître ? Oh ! pourquoi suis-je jamais venu dans un pays comme celui-ci, plein de diableries et d'horreurs de toutes sortes ? N'avancez pas, vous dis-je !

— *Acushla !* Telle fut la réponse de l'enfant. Il s'approcha davantage de Brooker et mit la main sur son épaule. Etes-vous un homme vivant? *Virrastru!* j'ai cru que c'était sûrement Shaun Daragh, le meurtrier ! Il se promène toujours ici lorsque la lune se lève. Voyez !

Brooker, qui avait à peine recouvré l'usage de ses sens, regarda autour de lui en tremblant, comme s'il se fût attendu à quelque nouvelle apparition, et vit que les pâles rayons de la lune éclairaient la montagne. Mais si cette faible lueur lui rendit d'abord quelque assurance, elle fut promptement détruite ; car cette lumière lui fit mieux distinguer une troisième figure immobile près des pierres.

Le garçon tressaillit et poussa un nouveau cri de terreur, et avant que Brooker eût eu le temps de se reconnaître, ses mains furent attachées derrière son dos et sa gorge serrée par une rude étreinte. Il se débattit, mais en vain. Une espèce de sac, jeté sur sa tête, l'empêcha de voir et de se faire entendre ; il fut emporté à quelque distance et brusquement forcé de descendre un escalier grossier. Pendant ce trajet, il sentit qu'il quittait l'air libre et paraissait s'enfoncer dans les entrailles de la terre. L'horreur qui s'empara de lui à cette idée fut si grande, que ceci, joint à l'air renfermé qu'il respirait, lui fit perdre connaissance ; et que, lorsque les bras qui le tenaient le lâchèrent, il tomba sans mouvement sur le sol.

— Est-il mort? murmura une voix, ou est-ce seulement une feinte ?

— Donnez-lui un coup de pied, et vous le saurez ! murmura une autre voix plus rude encore.

— Chut, Murty ! Il est vraiment tout-à-fait sans connaissance. Tenez-lui un instant la tête, pendant que je lui banderai les yeux.

— Bah ! il y aura assez de lumière à l'endroit où il va ; et il y fera assez chaud aussi, répliqua l'autre. Là, mon agneau de Satan, vous avez vos bracelets aux bras et vos ornements sur le visage. Vous êtes prêt pour une veillée ou pour une noce !

— Attendez un peu ; je vais verser une goutte d'eau-de-vie dans son noir gosier de prêcheur ! dit le plus humain des deux. Là, maintenant le voilà qui revient à lui. Ainsi, Murty, vous allez travailler. Où est Shamus ? Shamus ! Shamus, je vous dis qu'il vous arrivera malheur ! Rentrez, au lieu de jouer l'esprit et le fantôme toute la nuit dans les montagnes !

Ainsi adjuré, l'enfant, qui avait été vu le premier près des pierres, descendit légèrement les [degrés et entra dans la cave (car c'était une cave), ensuite, exécutant une sorte de danse sauvage, il alla dans un recoin où il prit une quantité de bois sec et commença à arranger artistement le feu dans un fourneau grossier. Ensuite, s'approchant d'un large soufflet ajusté au côté du fourneau, il le mit en mouvement, et bientôt une flamme brillante éclaira cette scène sauvage, digne d'inspirer un artiste.

La cave, basse à son entrée, s'élevait plus loin, et semblait, formant plusieurs chambres les unes au-dessous des autres, descendre fort avant dans la terre. Des stalactites pendaient à la voûte, affectant les formes les plus fantastiques, et empruntant au feu un éclat extraordinaire, semblaient projeter ses rayons jusqu'à la partie supérieure de la cave. La lueur rougeâtre maintenant éclairait aussi les deux sauvages figures des deux hommes. L'un, noir comme un Indien, avait plus de six pieds de haut ; l'autre, court et trapu, avait de méchants petits yeux gris, une masse de cheveux rudes et crépus et une longue barbe tombant sur sa large poitrine. Il alla vers le feu, rassemblant divers ustensiles, et formant un singulier contraste avec l'enfant aux formes délicates, aux yeux sombres et au teint pâle et clair ; dont le visage était de temps en temps animé par un sauvage sourire qui se changeait bientôt en une expression de profonde et touchante tristesse, lorsqu'il chantait, d'une voix mélodieuse, un ou deux versets de quelque vieille mélodie irlandaise.

Brooker gisait là, comme une momie sur le sol. Il était, à son grand regret, trop loin et trop gêné par ses liens et son bandeau pour entendre la conversation qui se tenait autour du fourneau. La seule chose qu'il comprit par le bruit et la fumée, c'est qu'il était le spectateur involontaire d'un travail de distillerie clandestine comme on en trouve si fréquemment, maintenant encore, des ateliers dans les districts montagneux de l'ouest de l'Irlande. Quoiqu'il tînt toutes ses facultés en éveil, il lui fut impossible de saisir autre chose qu'un mot ou un jurement (qui assaisonnaient les discours plus qu'il n'aurait été nécessaire), mais la voix et l'accent des deux hommes lui étaient totalement étrangers.

—*Musha*, alors, Murty, qu'en ferons-nous, maintenant qu'il est entre nos mains ?

— Envoyez-le aux vieilles ferrailles, si vous voulez !

— Je parle sérieusement, vous dis-je. Je ne laisserai jamais sortir notre secret d'ici. Aucun homme qui n'est pas notre ami ne doit sortir de chez nous autrement que les pieds en avant et dans une boîte en bois.

— Je ne vois aucune utilité à ceci, répliqua Dennis. Quel besoin avons-nous de rougir nos mains plus qu'elles ne le sont, Murty ?

— *Diaoul !* vous êtes un cœur mou, Dennis ! Cette politique n'est pas la mienne ; je serai tranquille, par quelque moyen que ce soit, et en dépit de vous-même.

— Shaun Daragh était tranquille, dit l'enfant, abandonnant le soufflet et comme se parlant à lui-même. *Il* était sûr de son fait ; cependant il m'a souvent dit que maintenant il est écorché pour cela.

— Gare à vous, démon ! cria Murty se retournant vers lui d'un air sauvage. Faites marcher le soufflet, ou c'est moi qui vous apprendrai !

— Que pourrez-vous m'apprendre, ne sachant rien vous-même ? répliqua l'enfant avec son sourire vague. Non, non, Murty, je ne vous crains pas lorsque Dennis est près de moi. J'aime Dennis tel qu'il est... quoiqu'il ne soit pas beau ; mais vous êtes aussi noir que l'étang de Duigan , et vous finirez comme Shaun Daragh. Il me parle souvent de vous.

— Chut, chut, Shamus ! dit Dennis, ne l'irritez pas si souvent

Les Diamants. ɑ

à propos du vieux Shaun. — Voyez maintenant, la braise éclaire le vieil autel de la Vierge. — Que son nom soit béni !

Il indiqua une large table de pierre à chaux, qui, soit par l'action naturelle de l'eau, tombant goutte à goutte de la muraille, soit par les outils des fugitifs fuyant les cruelles persécutions des temps jadis, avait été polie et façonnée de manière à former une sorte d'autel, sur lequel était appuyée une pierre représentant une image sainte comme celles qu'on voit dans beaucoup d'églises continentales. Le devant de l'autel, couvert de stalactites dans lesquelles en ce moment la lumière se reflétait, semblait revêtu de diamants.

Les yeux de l'enfant étincelèrent d'enthousiasme.

— Oh ! il y a sûrement une fête au ciel cette nuit ! Je n'ai jamais vu l'autel de la Mère sainte et bénie briller comme ce soir ! Ecoutez ! les anges chantent au-dessus de nos têtes ! Chantons aussi, par la grâce de Dieu, pour leur tenir compagnie.

Et se reculant de quelques pas pour se mettre à genoux, Shamus commença à chanter, d'une voix douce, un vieil hymne national en l'honneur de la Mère de Dieu et à la louange des enfants de l'Irlande.

Lorsqu'il finit de chanter, les larmes couvraient ses joues, et il sanglottait de toutes ses forces ; mais, de nouveau, son humeur changea tout à coup, et il retourna avec un redoublement d'énergie a son soufflet et au feu de son fourneau.

Les deux distillateurs ne parurent pas le moins du monde surpris de ses manières. Ils continuèrent leur travail, couvrant les vases et faisant les changements nécessaires lorsque le moment

en était venu. Pendant une des pauses qui suivit un de leurs mouvements silencieux, le plus noir des deux, qu'on appelait toujours
Dennis, prit quelque nourriture et de l'eau-de-vie dans un sac et
déposant le tout devant Brooker, ordonna à Shamus de le faire
manger et boire avec soin. Pendant que l'enfant était ainsi occupé,
Dennis et son compagnon mangèrent à la hâte quelques morceaux
en recourant souvent au flacon d'eau-de-vie, tout en surveillant
avec soin leur travail qui semblait arrivé à l'instant critique de la
distillation. Mais juste au moment où ils étaient tous deux occupés
près du fourneau, et où ils avaient ordonné à Shamus d'être « aussi
muet qu'un poisson flottant sur l'eau » un long sifflement se fit
entendre au-dessus de leurs têtes.

— Diaoul ! s'écria sourdement Murty.

Tous deux restèrent immobiles et silencieux.

Le sifflement fut répété, suivi d'un cri sauvage comme celui du
butor cherchant sa nourriture.

— Nous sommes traqués ! murmura Murty, c'est l'appel de Sim
Rooney.

Dennis ne répondit qu'en montrant Brooker avec son pouce pour
rappeler à son compagnon qu'il ne devait pas prononcer un seu
mot qui pût trahir quelqu'un de leurs compagnons. Il fit signe à
Shamus de quitter le fourneau, et, après un court murmure, l'envoya remplir quelque message. L'enfant parut parfaitement com
prendre ce qu'il devait faire et disparut sans bruit d'un côté de la
cave opposé à l'entrée habituelle.

Pendant ce moment d'attente, l'attention de Murty se dirigea sur Brooker, qui levait doucement la tête et la frottait contre le mur pour détacher le bandeau qui lui couvrait les yeux.

En un instant le distillateur fut près de lui, et le prenant à la gorge :

— Ah ! vilain noir prêcheur, vous travaillerez pour vous, n'est-ce pas ? dit-il dans un rauque murmure. Prenez garde à vous, mon bel ami ! Vous tiendrez-vous en repos, maintenant ? Si vous levez seulement un cheveu, je ferai sortir le souffle de votre poitrine aussi facilement que je fais sortir le jus d'un citron !

Il retira sa main, et comme l'infortuné lecteur de l'Ecriture restait sans mouvement et presque étranglé, Murty s'agenouilla derrière lui, le surveillant et le guettant comme une hyène guette sa proie.

Il resta ainsi jusqu'à ce qu'un pas, aussi léger que possible rompit le silence, et Shamus apparut. Son air était mystérieux et animé, ses yeux avaient une expression d'exaltation et de crainte Il vint tout près de Dennis et dit :

—Les gens de police sont sur le Cahir-na-Duigan, avec le jaugeur Sheehan, criant qu'il aura le corps de Dennis Malone et de Murty Caolin, morts ou vivants ! Il a trouvé leur piste jusqu'à Ballinadhv et sait que le *Zaucy kate* est sorti du port plein de barils. Il jure comme un fou ! Mais Sim dit que la police a donné un ordre d'arrestation pour des choses bien pires que celle-là.

— D'arrestation ! Qu'a dit Sim Rooney ! demanda Murty, qui, à cette nouvelle, était devenu tout pâle.

— Venez, Shamus, et dites-nous tout ce que vous savez.

— Sim ne sait pas quels sont les ordres d'arrestation, dit Shamus en fixant ses grands yeux sur Murty avec une expression de doute. Il m'a dit tout bas qu'il y avait de quoi prendre quelqu'un et le rendre aussi noir qu'un charbon. Il a dit quelque chose à propos de quelqu'un qui serait revenu d'au-delà des mers, mais je n'ai pas pu bien entendre. Ce qu'il y a d'assez sûr, c'est que sir Philip Ffrench a fait délivrer l'ordre d'arrestation et qu'un grand seigneur du gouvernement en a parlé à sir Philip. Qui est-ce alors, Murty, qui est venu d'au-delà des mers ?

Avec une horrible imprécation, Murty leva la main pour jeter l'enfant par terre, mais son bras fut arrêté par Malone.

— *Bodagh !* s'écria-t-il d'une voix sourde, touche un cheveu de la tête de l'idiot, et notre marché est rompu ! Que signifie ce qn'il demande, l'innocent ? Il ne sait rien, au moins encore. Où est Sim, *ma bouchal ?*

— Il garde le terrain brûlé, comme il le fait toujours lorsque vous travaillez, répliqua Shamus en regardant encore Murty. Il les a regardés si naturellement lorsqu'ils l'ont saisi pour le questionner et il leur a dit des choses si sottes que personne n'aurait pensé qu'il savait un brin des choses d'ici. Ils lui ont demandé s'il n'y avait pas quelque cave secrète où l'on distillait de l'eau-de-vie ; et il a répondu : Oui, il y en a, il y en a deux en bas du quai de Bally-Malin.

— Oh, oh, oh ! alors, c'était fameux ! s'écria Dennis en riant. Murty, lui-même, oubliant sa colère, partagea la gaîté de son compagnon.

— Eh ! bien, maintenant, murmura Dennis, qu'avons-nous à aire ? D'abord, et heureusement, le travail est fini ; nous pouvons éteindre le feu et enterrer l'eau-de-vie distillée ; laissons seulement les résidus, qui, je l'espère, n'humecteront jamais leurs lèvres.

— Du moins, je voudrais les soigner auparavant, répliqua Murty méchamment. Si ce n'était ce chien qui est aux écoutes là-bas, nous aurions pu nous en aller par le passage de Lauty Hoolahan, et les dépister en suivant le bord.

— C'est vrai, Murty, vous êtes un malin ! Je ne pensais pas au passage. Croyez-vous qu'il soit libre maintenant ?

— Shamus peut vous le dire mieux que personne, répondit Murty. Ici, mon garçon, avez-vous été dernièrement par le passage d'Hoolahan ?

— Oui, répliqua Shamus, mais vous ne pouvez y aller en emmenant cet homme (*montrant Brooker*), car il est trop fin pour qu'on puisse se fier à lui, même en lui bandant les yeux. Je le vois qui dresse les oreilles à chaque bruit, et elles sont joliment longues.

— Dennis, dit Murty, que faut-il faire de lui ? Pourquoi n'avez-vous pas voulu le jeter dans l'étang au lieu de l'amener dans cette cave ? Maintenant il y a des ordres d'arrestation en l'air, je ne le laisserai pas échapper pour mettre les autres sur nos traces.

— Il y en a assez de sang, répliqua Dennis. Faites vous-même l'assassinat.

— Il y a un autre moyen, dit Murty, et ses yeux cruels se tournèrent vers le fourneau avec une expression qui semblait devoir

éteindre tout espoir. Mettez-le là-dedans, Dennis, après, je vous
réponds qu'il n'ira pas faire d'histoires.

— Murty, vous êtes votre propre maître ; mais, s'il y a un diable,
il vous a acheté, corps et âme, répliqua Dennis. Je ne vous l'abandonnerai pas. Ici, Shamus, *ma bouchal*, qui me tire toujours d'embarras (*Ici, il parla très bas à l'enfant*). Vous prendrez le prêcheur
sur le poney du vieux Neill. Ses mains seront attachées, ses yeux
et sa bouche seront bandés, car il ne faut pas qu'il puisse toucher
à un cheveu de votre tête. Conduisez-le de côté et d'autre jusqu'à
ce qu'il soit de l'autre côté de la montagne, où il allait, je crois,
pour retourner à Pétersville. Alors, vous pouvez faire abaisser le
poney comme vous savez, et le déposer facilement sur la route. Il
passe beaucoup de gens par ce chemin, ils le trouveront et le recon-
duiront chez lui. C'est alors que vous mettrez le poney au galop et
que vous reviendrez par le bord pour nous retrouver sous le rocher,
où vous savez.

Shamus sembla comprendre avec la vivacité de l'éclair. Brooker
fut emporté par Dennis dans un long couloir conduisant à une autre
des nombreuses issues de la cave, et solidement attaché, bâillonné
et garrotté sur un rude poney, dont l'écurie se trouvait dans cette
partie des excavations de la montagne. Shamus monta derrière, et le
poney, dont les jambes n'étaient pas fatiguées, l'eut bientôt emporté hors de vue.

En peu d'instants les derniers vestiges du fourneau disparurent ;
ceux des opérations des distillateurs furent soigneusement enterrés

et les deux complices, après avoir visité leurs pistolets, disparurent par l'étroit passage que Shamus avait pris lorsqu'il avait été à la découverte pour la dernière fois.

X

Un grand nombre d'affaires avaient été terminées pendant cette soirée mémorable. Entre autres, le Père Fitz-Simon avait vu Una et avait entendu avec beaucoup de satisfaction tout ce qu'elle avait à lui dire, admirant intérieurement son jugement droit et sûr, sa candide innocence et la pureté de cœur de cette pauvre fille. Au bout de peu d'instants, en dépit de son aspect austère, elle était presque à l'aise avec lui ; et, avec sa délicieuse franchise et sa parfaite modestie, elle lui avait fait connaître toute l'affaire, ainsi que les engagements qui existaient entre elle et Molina. Le Père

Fitz-Simon la questionna beaucoup, et il ne put douter que Molina n'eût été traité avec malveillance et injustice ; s'étant aussi lui-même éclairé, il envoya chercher Randal, et, après lui avoir parlé pendant quelque temps, il lui fit solennellement promettre de ne jamais porter la main sur le lecteur de l'Ecriture, quelques pussent être les provocations, ou quand bien même sa propre vie serait attaquée. A cette condition seule, il promettait son aide pour obtenir leur mariage immédiat ou pour servir de médiateur auprès de lord Powderhouse.

En dernier lieu, et déjà tard dans la soirée, il envoya chercher le vieux Macnamara, le priant de venir pour l'obliger, parce qu'il désirait le voir seul et lui donner solennellement et affectueusement la charge de veiller sur Molina, de le retenir doucement et de le calmer lorsqu'il le verrait prêt à s'échauffer.

Ceci termina le travail de la soirée.

Le lendemain matin, le Père Fitz-Simon, après avoir dit sa messe, s'entretint quelque temps avec M. Hall, lui représentant l'inutilité de la conduite du lecteur de l'Ecriture et le mauvais sang qu'il avait fait par sa propre faute. Il lui demanda de mettre quelque borne au zèle de Brooker, et d'employer l'influence qu'un homme bien élevé et un gentleman *doit* toujours posséder, à empêcher de pénibles contestations entre lui et les paysans catholiques du pays. Il parla avec tant de sensibilité et de modération, et en même temps avec si peu de crainte, il rendit si évidente la justice de sa réclamation, qu'Exeter Hall en ressentit quelque honte et beaucoup de surprise. Il promit que désormais Brooker n'entrerait jamais, et

sous aucun prétexte, dans les écoles catholiques, sans y être invité.
De son côté, il demanda que Molina fit quelques excuses pour le
châtiment public infligé par lui à une personne ayant une certaine
autorité, ce que le Père Fitz-Simon promit d'obtenir. On put voir
bientôt après Exeter Hall serrant la main de ce dangereux inquisi-
teur. Mais alors, il eût put répondre, comme on dit : « Ils prati-
quent tous le magnétisme pour fasciner le peuple par leurs manières. »

Tant de choses ayant été arrangées, ce prêtre si dangereux tourna
ses pas vers l'école. Ce fut pour lui une scène qui rafraîchit son
esprit et il en ressentit une heureuse influence. Le bourdonnement
de la classe arriva à travers les fenêtres entourées de verdure
comme une douce musique à ses oreilles. Entre ces quatre murs,
le monde de discorde et de division disparaissait, et pour une heure
c'était un paradis de calme et de repos. A la vue du Père Fitz-Simon,
toutes les petites figures s'éclairèrent d'un rayon de joie. Una leva
les yeux et vint au-devant de lui d'un air franc et ouvert. Elle
semblait déjà le considérer comme un vieil ami. Il s'entretint
avec elle pendant quelques minutes, puis il fit résonner la classe
de joyeux éclats de rire. Ensuite le prêtre quitta l'école et suivit
pendant environ un mille la route de Duncarra, au bord du lac
dont l'eau reflétait les rayons du soleil levant.

Le Père Fitz-Simon ne s'arrêta qu'en voyant les tours de l'abbaye
de Duncarra. Lorsqu'il eut agité la cloche, le guichet d'abord, et
après un examen scrupuleux la porte, s'ouvrit devant lui par les

·soins d'un moine portant l'habit de l'ordre du grand saint Bernard.

Le moine sourit en voyant le Père Fitz-Simon, qu'il salua.

— Vous venez voir le Père Lawrence, dit-il ; il est dans le jardin, je vais l'appeler.

— Ne puis-je pas aller le trouver au jardin ? Je serais fâché de le faire rentrer.

Le moine y consentit, en remarquant que le Père Lawrence avait été dernièrement gravement indisposé, et que l'infirmier lui avait ordonné de rester le plus possible au grand air. Il montra silencieusement le chemin à travers le cloître aux longs corridors; les ombres colorées des vitraux tombant sur lui, tandis qu'il glissait sans bruit, et éclairant sa tête chauve, le faisaient ressembler à une ombre flottant entre le monde réel et le monde invisible.

Au bout de la troisième des quatre galeries entourant la cour, une porte ouverte laissa voir le jardin.

— Je vous laisse ici, dit le frère portier en saluant le prêtre; vous trouverez le Père Lawrence dans une des allées.

Le Père Fitz-Simon marcha pendant quelque temps auprès des plates-bandes et entra dans une longue allée bordée d'arbres toujours verts, plantés très près les uns des autres, et formant de place en place des salles de verdure, chacune marquée par une croix et quelqu'un des instruments de la Passion. Dans une de de ces salles, et lisant attentivement, était assis un moine devant quile Père Fitz-Simon s'arrêta, le regardant comme s'il eût trouvé, rien que par sa présence, le calme dont il avait besoin et qu'il était venu chercher près de lui. Le moine leva les yeux, sourit et tendit la main au Père Fitz-Simon. Puis se reculant un peu, il lui fit une place à son côté, et le regardant encore, dit :

— Pouvez-vous mettre cette leçon en pratique ? Asseyez-vous et instruisez-vous un peu avant de troubler vos oreilles avec les bruits du monde.

Le Père Fitz-Simon s'assit avec le même calme que l'autre avait montré en lui donnant cet ordre. Il parut tranquille et satisfait étant auprès de lui. Le moine lui jeta un regard doux et sérieux, et abritant contre le jour son calme visage avec sa main blanche et frêle, il tourna de l'autre plusieurs pages du livre qu'il lisait.

— « Nous voudrions voir les autres parfaits, et pourtant nous ne songeons pas à nos propres défauts. Nous voulons corriger les autres, mais nous-mêmes nous ne voulons pas être corrigés..... Si tous étaient parfaits, comment pourrions-nous souffrir pour les autres pour l'amour de Dieu? Mais Dieu a ainsi disposé toutes choses pour que nous puissions apprendre à nous supporter les uns les autres. Car il n'est pas un homme sans défaut, il n'est pas un homme qui n'ait son fardeau à porter; il n'est pas un homme qui puisse se suffire à lui-même; mais nous devons nous supporter les uns les autres, nous consoler les uns les autres, nous assister, nous instruire, nous conseiller les uns les autres. »

— Avez-vous besoin de conseils, Cyprien ?

— Oui. Cependant, je suis venu plutôt pour être consolé. Je désire reconnaître que les conseils et les exhortations ne sont pas une mauvaise chose.

— Ceci *demande* quelque consolation, dit le moine en souriant un peu, du doux sourire qui lui était particulier. Qui a tort — vous ou le monde extérieur? Je crois, en vous regardant que ce n'est pas vous qui avez tort.

— Je vous remercie; je ne puis en dire autant pour le monde extérieur.

— Beaucoup de discordes? Vous êtes certainement tombé dans un terrain pierreux. Vous devez regarder ceci comme une faveur signalée que Dieu vous a faite.

— Il y a des discordes de la pire espèce. Vous connaissez si bien le Père Murphy que rien des affaires de Pétersville ne doit vous être étranger. Le lecteur de l'Ecriture a pris en haine un beau jeune homme — catholique d'ailleurs — et fiancé à la maîtresse d'école.

— Una Macnamara ! Je me souviens bien de la chère petite fille. Elle vint me voir ici après sa première communion. Bonne petite Una ! Je pensai, en la regardant, qu'elle était née pour de grandes choses. Eh ! bien , il n'y a pas de chose plus grande que de faire la volonté de Dieu.

— Je suis de votre avis. Je trouve qu'Una est hors de la route ordinaire ; il existe une âme comme la sienne sur mille. D'ailleurs, comment tout ceci finira-t-il ; Dieu seul le sait. Pour le moment, l'engagement est pris, et dans les circonstances, plus tôt ils seront mariés, mieux cela vaudra. L'agent a donné au pauvre jeune homme l'ordre de partir, fort injustement, à ce qu'il paraît, et seulement pour se débarrasser de lui. D'une manière ou d'une autre Brooker le tourmente continuellement. Je l'ai obligé, par une promesse solennelle, de rester en paix pour le moment, mais ceci ne peut pas durer. Lawrence, vous savez avec quelle ardeur j'ai prié afin d'atteindre le but pour lequel j'ai été envoyé ici ; vous savez combien l'évêque est désireux que la paix règne dans ce village. Que puis-je faire, à moins d'offrir mon âme ? S'il oublie sa promesse et qu'il soit perdu, cependant.

— Il ne le sera pas, Cyprien, il ne le sera pas, répliqua le moine qui avait écouté d'un air attentif et avec les mains jointes, pendant que le prêtre parlait. Je sais de qui vous parlez ; il peut être terriblement éprouvé, il peut endurer de cruelles souffrances, il peut perdre tout le bonheur que la vie semble maintenant lui promettre; sa vie même peut lui être ravie dans son printemps ; mais cette âme ne sera pas perdue. Elle a déjà trop souffert, elle est trop dévouée à Notre-Dame-de-Douleurs pour être perdue. Mais, combien de temps, ô Seigneur, supporterez-vous ce qui se passe sur la terre ? Combien de temps gémirons-nous sous le joug de l'oppression ? Ce sont nos propres péchés, les péchés des Irlandais des autres contrées qui perpétuent le mal. C'est l'ivrognerie, ce sont les meurtres, les sacrilèges dont nous entendons parler comme d'une vision hideuse, mais dont, grâces à Dieu, nos yeux n'ont jamais été frappés dans ce pays. Vous me dites sur le peuple de Londres des choses qui me préoccupent jusque dans mes prières. Je ne puis que m'agenouiller sur la pierre et m'écrier : O Seigneur, ayez pitié de ce pauvre peuple égaré loin de vous ; ayez pitié de nos pauvres pécheurs ! Si tout ce que vous dites d'eux en Angleterre est vrai, nos pauvres compatriotes offensent Dieu en une seule semaine plus qu'ils ne devraient le faire pendant une vie tout entière ! Que Dieu les protége ! Je ne puis rien pour eux que par mes prières ! mais il est certain qu'il frappera la contrée qui a donné naissance à ces catholiques qui font un scandale de leur croyance. Souffrons, du moins, et faisons pénitence !

— Oui, dit le Père Fitz-Simon après une courte pause, oui, nous ne pouvons assez nous représenter nos propres fautes. Mais, pour en revenir aux troubles de Pétersville, voici ce que je ferai, si vous êtes de cet avis : Je songe à hâter le mariage de Molina et de la jeune maîtresse d'école ; et, comme j'ai les pleins pouvoirs de l'évêque et du Père Murphy pour arranger tout le mieux possible dans les cas difficiles, je pense que la question de l'école doit céder le pas à la question de paix et d'union ; c'est pourquoi je n'ai pas besoin d'attendre pour en conférer avec le curé. Aussitôt qu'ils seront mariés, il me faudra les éloigner du village, au moins pour quelque temps. Pouvez-vous trouver ici un emploi pour le jeune homme et un toit pour abriter leurs têtes ?

Le Père Lawrence réfléchit un peu.

— Je crois que le Père Joseph parlait dernièrement à l'économe d'un meunier en second. Croyez-vous que Molina saurait occuper cet emploi ?

— Je crois qu'il serait capable de faire même des choses plus difficiles. C'est un beau garçon, intelligent, soigneux et très-fort. Peut-être serait-il bien qu'il vînt ici lui-même parler à l'économe ?

— Je crois que c'est ce qui vaudrait le mieux. Mais je parlerai d'abord au Père Joseph, et ensuite je vous ferai savoir ce qu'il m'aura dit. Je ne m'occupe nullement de l'administration ; ainsi je ne puis répondre de rien. Mais je verrai le Père Joseph et je lui expliquerai l'affaire. Je suis sûr qu'il fera ce qu'il pourra.

— Ce sera un acte de grande charité. Mais, Lawrence, ne me trouvez pas insatiable. J'ai besoin que vous ajoutiez quelque chose à ceci.

Le moine couvrit ses yeux avec sa main pendant quelques moments. Puis il dit :

— J'ai la permission maintenant, étant tout à fait inutile, de faire plus de pénitences. Je les offrirai dans ce but ; mais seulement à une condition.

— Dites-la.

— Que pendant ce temps vous ne ferez pas plus de pénitence que d'ordinaire.

— Et pourquoi, s'il plaît à Votre Révérence ?

— Premièrement parce que je le dis, répliqua le moine en levant les yeux sur son interlocuteur ; deuxièmement parce qu'en ce moment le soin des âmes est un travail très-pénible et très-fatigant. Il y a une troisième raison, mais il est inutile d'en parler maintenant.

— Ceci n'a pas le sens commun, Lawrence, et je ne crois pas pouvoir vous faire une telle promesse.

Le moine, en ce moment, avait un coude appuyé sur ses genoux, et les yeux fixés vers la terre. Lorsqu'il entendit cette dernière

Les Diamants.   7

remarque, il leva soudain la tête en regardant le prêtre qui avait quitté le banc et se tenait debout devant lui. Alors il lui dit, d'un ton significatif :

— Cyprien, allez vous faire *tout* l'ouvrage aujourd'hui ?

Soit par l'effet magnétique de ce doux œil bleu fixé sur lui, soit que quelque corde de lointains souvenirs d'enfance eût été touchée, les muscles du sombre et grave visage du Père Fitz-Simon se détendirent immédiatement. Il jeta un regard d'intelligence au moine et répliqua en souriant :

— Suivez votre chemin, comme vous l'avez toujours fait et comme vous le ferez toujours.

Un étranger les voyant alors pour la première fois aurait été forcé de convenir (malgré le témoignage contraire de sa raison), que ces deux hommes devaient être frères.

Oui, le prêtre vigoureux, au visage bronzé, aux traits fortement accusés, et le moine frêle, mince et délicat étaient non-seulement frères, mais jumeaux. Ils étaient venus au monde le même jour ; s'étaient roulés, enfants, sur le même gazon vert, assis côte à côte sur le même banc à l'école, avaient été compagnons inséparables et amis au même collége, et avaient été ordonnés prêtres le même jour. Lawrence Fitz-Simon fut curé de paroisse pendant un laps de temps fort court. Une soif ardente d'une existence plus spirituelle et plus intérieure et l'amour qu'il avait toujours eu secrètement pour la vie contemplative et la prière continuelle effacèrent bientôt tout autre considération ; et, en dépit de la forte répugnance que témoigna d'abord l'évêque qui connaissait bien sa valeur, il obtint la permission de faire l'épreuve de la vie religieuse. Il vint s'offrir au prieur de Duncarra, et bientôt après commença son noviciat. Il avait été placé depuis peu de temps à la tête des affaires spirituelles de l'abbaye où les âmes tristes, troublées ou perplexes venaient de tous côtés le consulter.

Il n'y avait rien d'étonnant à ce qu'on vînt le consulter. Tout le monde disait qu'en approchant de lui, même au confessionnal, ou lorsqu'il entrait au parloir, on se sentait fortifié et consolé. Il y avait quelque chose dans son pâle visage, dans la grave douceur de ses yeux clairs et dans son sourire, qui semblait une lumière venue de son âme pour illuminer son enveloppe mortelle. L'angélique pureté, l'enfantine simplicité de son caractère attiraient tous les cœurs. Aimé et recherché comme il l'était, il inspirait un amour plein de respect, exempt de toute familiarité. Hommes et femmes, enfants et jeunes filles, évêques et nobles, tous l'aimaient et le recherchaient comme s'il eût été l'ange gardien, qui, en même temps qu'il les préservait de tout mal, restait lui-même constamment en la présence de Dieu.

C'est ainsi que peu à peu le Père Fitz-Simon éprouva le même sentiment que les autres et agit comme eux.

Lorsque c'était possible, lorsqu'un fardeau plus lourd que d'ordinaire l'accablait, lorsque des préoccupations plus sombres l'envahissait, lorsque, tandis qu'il éclairait, consolait et guidait courageusement les autres au milieu de la bataille de la vie, son âme, à lui, poussait vers le ciel un cri d'amertume ; alors, comme aujourd'hui, il venait trouver le Père Lawrence à l'abbaye de Duncarra.

Et maintenant il se dispose à retourner à sa tâche. Le temps qui est habituellement, et par un consentement tacite, consacré à ces entretiens, est écoulé. Il avance sa main :

— Adieu, Lawrence, souvenez-vous que j'ai besoin de vos prières et que je compte sur elles. Faites-moi savoir ce que vous aurez fait au sujet de Molina.

— Attendez une minute. On dirait que vous n'avez pas tout à fait assez de ma médecine. Je veux vous en donner une dose homœopatique à prendre à la maison. Demandez une sentence vous-même à mon vieux maître.

Avec la naïve ardeur d'un enfant, le moine tendit le vieux volume à son frère, en lui disant de faire dessus le signe de la croix et de l'ouvrir à la même place. Reprenant ensuite le livre, il lut:

« Mon fils, tu ne seras pas déçu par le travail que tu as entrepris pour moi, et les tribulations ne t'accableront pas ; mais que mes promesses te fortifient et te consolent en toute occasion. Je puis te récompenser au-delà de toute mesure... Songe à ce que tu fais; travaille fidèlement dans ma vigne; je serai ta récompense... La paix reviendra, le jour est marqué par le Seigneur, et ce ne sera pas une alternative de jour et de nuit comme à présent, mais une lumière éternelle , brillant d'un éclat infini, une paix inaltérable et un calme assuré. »

« Ce n'est pas une petite chose que de perdre ou de gagner le royaume de Dieu. C'est pourquoi élève ton visage vers le ciel.

« Voici, Moi et tous mes saints avec Moi, qui ont eu dans ce monde de grandes afflictions, se réjouissent maintenant, sont consolés maintenant, sont maintenant sauvés, se reposent maintenant, et ils demeureront avec Moi, pendant toute l'éternité, dans le royaume de mon Père. »

La douce et faible voix se tut. Les paroles de ce vieux et impérissable poëme (le vrai poëme épique de la vie spirituelle), semblaient flotter au milieu du silence profond, et avec une austère douceur, pour lever le voile qui couvre les choses de la terre. Le Père Fitz-Simon resta immobile pendant quelques minutes. Les hautes et impénétrables murailles formées par les ifs toujours verts, les tourelles couvertes de lierre de l'abbaye, l'habit blanc et la paisible figure du moine, absorbé jusqu'à ce moment dans le souvenir des paroles qu'il venait de prononcer, toutes ces choses parurent être notées par le prêtre et émises en ordre dans sa mémoire, pendant que ses lèvres s'agitaient en murmurant une prière.

Les deux frères, alors, se serrèrent les mains, et le soldat du Christ quitta les hauteurs où il était si bon de s'arrêter quelque temps, pour redescendre accomplir la tâche qui l'attendait dans la plaine

XI

Le matin qui suivit le jour où Moylan avait été au château de Powderhouse, un jeune garçon lui apporta un étrange billet qui l'obligea à sortir de très-bonne heure, entre trois et quatre heures du
matin.

Moylan fut bientôt habillé et prêt à partir ; avant de quitter la
chambre il prit une paire de pistolets chargés, qu'il plaça soigneusement à sa portée, dans les poches de côté de son pardessus ; le
haut collet de son pardessus étant relevé cacha la partie inférieure
de son visage, et un large chapeau à bords rabattus, dissimula.

ses traits. Il sortit doucement par une porte dérobée, et se dirigea vers l'écurie, dont il trouva la clef dans un endroit connu de lui. Il réveilla un fort bidet qu'il sella et brida en un instant. Refermant la porte de l'écurie et remettant la clef où il l'avait trouvée, il monta l'animal et s'éloigna rapidement.

Il prit, dans la direction occidentale, un chemin qui le conduisit bientôt dans un ravin, bordé par des rocs nus et escarpés, sur lesquels se voyaient à peine quelques mousses et quelques herbes des montagnes. Après avoir marché pendant environ une demi-heure, Moylan entendit distinctement le bruit des vagues, et des bouffées de l'air de la mer arrivèrent jusqu'à lui.

Il descendit alors de sa monture, qu'il conduisit dans un espace vide, situé entre les rochers et paraissant, en quelque sorte, destiné à servir d'écurie ; après l'avoir attachée avec une corde qu'il avait apportée, il continua sa route à pied, comme un homme parfaitement habitué aux labyrinthes des rochers et des côtes.

Après avoir fait plusieurs détours, Moylan se trouva tout-à-coup en face de deux hommes, étendus sous un énorme quartier de roc, fumant, et, en apparence, à moitié endormis.

Leur sommeil, cependant, fit place à la plus grande vigilance dès qu'ils entendirent des pas, et l'un d'eux saisit un revolver.

— Arrêtez ! s'écria l'autre, c'est Son Honneur le gentleman !

Cependant les deux hommes se levèrent et parurent se tenir sur leurs gardes. Celui qui avait parlé le premier et qui n'était autre que Dennis Malone, remarqua qu'il était étrangement de bonne heure, et ajouta qu'il n'aurait jamais cru que Son Honneur eût pu condescendre à quitter ainsi son lit.

— Je vous connais et je connais mes affaires, répliqua avec hauteur le nouvel arrivé, et je suis venu parce que j'avais besoin de venir.

Dennis ne parut nullement déconcerté par le manque de courtoisie de son interlocuteur; à la vérité il jeta un regard d'intelligence à Murty, qui de nouveau s'était assis par terre et avait repris sa pipe, mais il donna à son visage la plus charmante expression d'innocence et d'humilité.

Moylan surprit le regard, et, pour la première fois fixa attentivement celui à qui il avait été adressé.

Ensuite il leva lentement un de ses pistolets, le dirigeant sur Murty et dit :

— Depuis combien de temps Murty Caolin est-il de retour de ses voyages à l'étranger ?

Les deux hommes se regardèrent l'un l'autre et le regardèrent avec une surprise inquiète; et Murty, en dépit de ses efforts, pâlit de rage et de crainte; il semblait ne pas savoir s'il devait se jeter sur Moylan pour s'en débarrasser d'un seul coup, ou s'enfuir à l'instant même.

La lèvre de Moylan était contractée par le sourire moqueur qui lui était habituel, tandis qu'il lisait comme dans un livre ouvert tous ces mouvements intérieurs.

— Je vous conseille de ne rien essayer de tout ceci, dit-il, vous n'auriez aucune chance de succès, je suis parfaitement sur mes gardes, et mieux armé que vous ; un seul mouvement et vous êtes, un homme mort. D'ailleurs, ajouta-t-il, je ne suis pas venu ici avec de mauvaises intentions, et vous pouvez tous deux, si vous agissez bien et si vous faites ce que je vous commanderai, me rendre service et recevoir une bonne récompense.

L'expression des deux hommes changea tout à coup ; la pensée de meurtre, engendrée par la crainte et la défiance, s'évanouit complétement et fut remplacée par la soif du gain, mêlée d'une âpre curiosité. Ils appelèrent, avec les serments les plus solennels, les imprécations les plus épouvantables, toutes les malédictions possibles sur eux-mêmes, s'ils ne servaient pas fidèlement Son Honneur à travers le feu, l'eau et le sang.

Ces paroles odieuses ne produisaient que peu d'effet sur Moylan; il parut, en les écoutant, sourire avec plaisir, en haine des mystères sacrés qu'elles profanaient ; mais son gage de la sincérité de ces hommes était la connaissance qu'il avait du cœur humain une fois qu'il a été souillé par le crime ; il les regardait, calculait sur leur vie passée, et se fiait à eux pour cette fois comme à des instruments utiles.

— Il s'arrangea convenablement sur un fragment de rocher et demanda qu'on lui emplît une coupe de « l'excellente chose » renfermée dans un petit baril placé derrière les deux hommes.

Il savait bien, quoiqu'il n'en dît rien, que c'était de l'eau-de-vie de grain, apportée en contrebande. Quelques planches, débris d'un des nombreux vaisseaux qui venaient échouer sur cette côte, alimentaient un petit feu sur lequel était placé un chaudron plein.

d'eau bouillante. Moylan mélangea lui-même de l'eau-de-vie au liquide fumant, et tira de sa poche un gâteau d'orge.

— Maintenant, dit-il, après avoir expédié ce déjeûner matinal, vous savez très-bien tous deux que votre liberté à l'un et à l'autre est entre mes mains. Vous, Caolin, vous êtes exposé à tout moment à être saisi et déporté de nouveau, et vous devrez recommencer entièrement votre peine. Et vous, Malone, vous êtes sous la surveillance de la justice pour un commerce illicite de spiritueux et *pour différentes autres petites choses que nous savons.* Comprenons-nous bien une bonne fois, cela épargnera du temps. Voulez-vous me servir ?

— Pour toute chose possible, nous ferons ce que Votre Honneur nous indiquera.

— Connaissez-vous le jeune Molina, de Pétersville ?

— Si je le connais ! s'écria Malone en proférant une foule de jurons et de malédictions en irlandais ; n'est-ce pas lui qui m'a entraîné dans un cercle à Bollina, et qui est cause que l'on m'a volé dix gouldens ? ne m'a-t-il pas cassé la tête, aussi, à la fête où j'étais le premier avant son arrivée et où, dès qu'il a paru, il s'est cru au-dessus de tous les autres ? et ne m'a-t-il pas volé aussi le cœur de la petite maîtresse d'école ?

Alors suivit encore un déluge de malédictions que Moylan écouta avec délices ; la plus admirable mélodie n'aurait pu lui paraître aussi douce à entendre. L'instrument qu'il avait choisi résonnait entre ses mains comme il l'avait souhaité. Il jeta au géant basané un regard d'affectueuse approbation, mais, suivant son habitude, il commanda soigneusement à l'expression de son visage.

— Je crois que vous devez le connaître, reprit-il d'un air insouciant; eh! bien, j'ai besoin qu'il soit surveillé. Il est querelleur, se mêlant toujours aux affaires d'autrui, et, comme vous dites, se croyant le premier en toutes choses; je crois qu'il a menacé une ou deux personnes, et j'ai besoin de le faire suivre et surveiller de près. Quant à la jeune fille, ajouta-t-il lentement, en s'arrêtant presque à chaque mot; quant à la jeune fille, c'est vraiment une jolie créature, et je ne suis pas surpris de votre choix, Malone; je m'étonne seulement que vous ne l'ayez pas emmenée pour aller l'épouser dans quelque endroit où vous auriez vécu tranquille et ignoré.

— Je crois que vous êtes le diable lui-même, murmura Dennis dont le visage s'anima. Je l'aurais fait depuis longtemps, s'écriat-il, une seule chose m'en a empêché.

— Et quelle chose a pu être assez puissante pour vous empêcher de prendre une aussi douce petite femme?

Murty se mit à rire dans sa barbe rouge.

— Dennis a encore un doux endroit dans son cœur, monsieur, dit-il; c'est la crainte du prêtre.

— Du prêtre? répéta Moylan avec un sourire amer et railleur de dédain et de désappointement; eh! bien, vous êtes à peu près les dernières pratiques que j'aurais espéré pour lui. Je lui souhaite beaucoup de joie de deux joyaux comme vous pour sa part.

— Monsieur, dit Malone s'appuyant contre le roc et fixant ses grands yeux noirs sur Moylan ; vous pouvez dire que je n'ai pas besoin de parler d'un prêtre, en voyant que je n'ai pas fléchi le genou depuis treize ans, ni franchi le seuil de la demeure d'un prêtre, depuis que je les ai abandonnés pour des raisons à moi connues ; mais je *sais*, monsieur, que la bénédiction accompagne ceux qui sont unis par le prêtre, et que la malédiction pèse sur ceux qui s'éloignent de lui ; et une double, une triple malédiction frappe celui qui lève la main pour nuire à un prêtre, quand il ne toucherait qu'un cheveu de sa tête. J'ai ma religion, monsieur, la vieille religion du pays, et, quoique je puisse faire, en quelque endroit que je puisse errer jusqu'à ma mort, j'espère ne jamais brûler entièrement mon âme en abandonnant la foi qu'on ma enseignée.

— Comme il vous plaira, répondit Moylan, sur le visage duquel on n'apercevait plus l'expression sarcastique qui lui était habituelle.

Il y eut une pause : un éclair de foi traversa le cœur de Moylan, un rayon de la grâce celui de Murty Caolin ; l'un et l'autre furent résolument repoussés. Les hommes, dans leurs écrits, parlent des moments où le sort des empires se décide ; ils parlent du flux et du reflux de la fortune ou du succès de la vie, selon que nous saisissons ou que nous laissons échapper l'occasion qui se présente à nous ; mais combien il y en a peu qui remarquent et qui font remarquer le diamant si brillant et plus petit qu'un grain de sable, de ces moments de grâce qui sont envoyés pour éclairer et fortifier l'âme engourdie ou prête à être vaincue dans le combat qu'elle soutient! Que sont les défaites ou les succès du songe de la vie, ou le fracas de tous les empires du monde, comparés à la défaite ou à la victoire d'une âme immortelle?

Moylan dédaigna ce moment et le laissa passer. Il secoua les cendres de son cigare et dit froidement :

— Eh! bien, sera-ce ou non contraire à vos articles de foi de surveiller Molina?

— Ne craignez rien ; je le surveillerai parfaitement, répliqua Dennis, qui de son élan de foi était retombé dans son humeur habituelle.

Moylan tira quelques souverai s et lui en donna deux.

— Vous porterez des souliers de cuir, je vous le promets, et vous aurez de quoi acheter des vêtements convenables; peut-être même de quoi paraître un gentleman, car je vous en fournirai les moyens. Vous vous rappellerez, Malone, et Caolin est ici témoin, de mes paroles, *qu'il ne doit pas y avoir de violence*, — il regarda sévèrement Malone, — à moins que Molina ne s'avise de vous livrer sérieusement combat. Mais il ne s'agit pas de l'attaquer. S'il s'expose lui-même à quelque mal, je ne puis d'ailleurs l'en empêcher, et si vous lui fendez la tête en défendant votre propre vie, c'est là seulement ce que ferait tout homme de bon sens en pareille occasion. Mais ce dont j'ai besoin, c'est qu'il soit surveillé et que vous me rendiez compte...

Il s'arrêta tout à coup, car un cri perçant comme celui du courlis traversa l'air, paraissant venir d'en haut juste au-dessus de leurs têtes.

— Cet endroit est insupportable ! s'écria-t-il, les oiseaux de mer ne peuvent nous y laisser tranquilles ; n'y a-t-il personne ici près qui puisse les chasser ?

— Non, monsieur, répliqua Murty, qui fit à Dennis un signe imperceptible, mais si vous avez terminé avec Malone, il peut bien monter la garde jusqu'à ce que vous en ayez fini avec nous deux.

Moylan fit un signe d'assentiment, et Molina disparut.

Il y eut une pause d'un moment pendant laquelle Murty jeta des regards furtifs sur Moylan, tandis qu'il fumait avec affectation.

— Caolin, dit Moylan, je crains que Molina ne soit pas un morceau de résistance, comme on dit ; je crois qu'il y a en vous plus de moëlle et d'énergie.

— Ah ! Votre Honneur, vous voulez seulement flatter un pauvre garçon ; Malone est un homme très-fort (puis à part). En quoi ce double diable peut-il avoir besoin de moi maintenant ?

— Eh ! bien, concernant la jeune fille, n'était-il pas réellement sans énergie dans ses paroles de tout à l'heure ? Quoi, chaque jour on emmène une jeune fille pour l'épouser, quel mal y a-t-il à cela ? Elle trouve un mari, un bon établissement, vous savez ; n'est-ce pas là ce que cherchent toutes les jeunes filles ?

— C'est très-vrai, monsieur, vous avez parfaitement raison (à part). Maintenant est-ce là tout ce dont il a besoin ?

— Caolin, votre existence n'est pas très-agréable en Irlande, errant à peu près comme un animal sauvage dans les montagnes.

Aimeriez-vous aller en Amérique et vous y établir, avec une bonne petite somme d'argent entre les mains ?

— Ma foi, je préfèrerais ceci à toute autre chose, et si je connaissais quelque moyen d'y arriver, voici un garçon tout prêt !

— Bien, à présent ceci est pratique et raisonnable. Voyez-vous, Caolin, une somme de deux cents livres sera payée *si la jeune fille est emmenée*, rien de plus, ce sera sa dot. Et si cet homme étrange qui porte malheur, ce prêtre impertinent pouvait être emmené aussi, n'importe où, vous savez ; et n'importe comment ; s'il était éloigné de Pétersville, ou si, par quelque accident il disparaissait tout à fait, Caolin ; des accidents comme il en arrive dans ces contrées, il y aurait cinq cents livres de plus. En outre, peut-être ne remarquez-vous pas que trois cents livres sont offertes pour récompenser votre intelligence.

Il y eut un moment d'un silence mortel.

Moylan avait jeté son cigare ; Murty tenait sa pipe éloignée de ses lèvres, le feu s'éteignait lentement et la fumée s'élevant en minces spirales semblait marquer les minutes qui s'écoulaient au moment d'accepter ou de refuser ce dernier crime.

Moylan aurait pu compter les battements de son cœur.

Lentement, bien lentement, au moment où le dernier vestige de fumée disparut, Murty prit la parole.

— Je suis votre homme, murmura-t-il d'une voix rauque, tandis que son visage devenait d'une horrible pâleur.

Moylan lui tendit le reste de l'or, et il tressaillit presque au contact de la main de Murty, froide comme celle d'un cadavre.

— Lorsque vous aurez quelque chose à dire, vous savez ; venez à l'agence à la nuit et habillez-vous décemment, dit Moylan d'une voix toute changée.

Murty fit un signe affirmatif ; il semblait avoir perdu l'usage de sa langue.

Moylan le quitta alors, il marcha lentement vers l'endroit où il avait laissé sa monture, et, s'étant mis en selle, il commença une course effrénée dans la direction de Pétersville. Le soleil brillait d'un éclat radieux, les mouettes criaient et plongeaient dans les vagues, les alouettes s'élevaient dans l'azur du ciel en chantant les louanges de Dieu, leur créateur. Mais l'homme qu'elles voyaient au-dessous d'elles, l'homme qui était leur maître, qui était l'image de Dieu et à qui le Seigneur avait donné une âme immortelle pour jouir avec lui dans le ciel d'un bonheur éternel, cet homme parcourait la terre dans une insouciance désespérante, sachant qu'il s'était donné au démon et ne s'en repentant pas.

Il ne vit pas la physionomie égarée et pourtant animée d'une expression de reconnaissance et de pitié qui se penchait vers lui des rocs qui s'élevaient au-dessus de sa tête, et qui, dans sa touchante folie, agissant plus sagement que tous, priait pour lui du fond du cœur. Il ne vit pas les larmes coulant de deux grands yeux, ni le pur encens des prières que Shamus, comme un ange implorant miséricorde pour lui, offrait au Créateur sur les sommets

Les Diamants.   8

qui dominaient sa route. Et s'il avait vu tout cela, il l'aurait méprisé et s'en serait éloigné, comme il avait méprisé son âme et comme il fuyait sa conscience.

Moylan avait plus d'une raison pour exciter sa monture à une course effrénée. Dans le billet qu'il avait reçu le matin, parmi d'autres nouvelles et promesses de service fidèle et secret, on lui parlait avec regret de l'emprisonnement temporaire de Brooker, et on demandait que les résultats de cette méprise (indispensable à leur sécurité) fussent surveillés.

Non-seulement Moylan surveilla lui-même, mais il se sentit mordu au cœur par le doute, car Israël Brooker était un artisan du Yorkshire, ayant hérité de ses parents dissidents un fort penchant au puritanisme, et n'ayant en aucune façon abandonné la volonté de fer qui croît sur le sol du Yorkshire. Mais s'il était opiniâtre au-delà de toute expression, Moylan décida que, coûte que coûte, Brooker devait être employé dans quelque autre vigne que Pétersville. Il cherchait déjà les moyens de le décider à travailler avec Malone et Caolin.

Au bout du village, il rencontra justement l'homme duquel il s'occupait; son visage pâle était encore plus décoloré que d'ordinaire, ses yeux étaient sombres et enfoncés, son extérieur défait et abattu. Il leva la tête en entendant les pas d'un cheval et reconnut Moylan.

— Eh ! quoi, M. Moylan, les scélérats vous ont-ils fait autant de mal qu'à moi-même. Votre regard est étrange comme si vous aviez prouvé une grande crainte.

— Est-il vrai, Broo er ? Je crois que c'est un effet de votre imagination. Que vous est-il donc arrivé, que vous errez ici comme un revenant, à une heure aussi matinale ?

— Oui, oui, un revenant, en vérité ; il est heureux pour moi, M. Moylan, et pour quelques-uns de vos maudits Irlandais, que je ne sois pas en réalité un revenant.

— Bonté divine, brave homme, parlez ! s'écria Moylan affectant une grande surprise, que vous est-il arrivé ?

— Ce qui aurait pu arriver à vous ou à tout autre honnête homme craignant Dieu, dans cet infernal pays ! répondit Brooker dont la pâleur sembla encore augmenter. J'ai été enlevé par le diable, M. Moylan, pour prendre part à ses sortiléges de minuit J'ai vu le diable, Monsieur, et quelques-uns de ses compagnons, et j'ai passé la nuit dans le puits d'enfer. Je n'en perdrai jamais le souvenir, je n'oublierai jamais l'horreur que j'ai éprouvée. Non, pas même si je vivais pendant un millier d'années.

Moylan le regarda comme il regardait tous ceux avec lesquels ou au sujet desquels il avait l'intention de travailler ; et voyant que l'enthousiasme fanatique du lecteur de l'Ecriture était tellement surexcité qu'il avait à peine sa raison, il arrêta son cheval et dit d'un air doucereux :

— Je vais vous dire maintenant ce qu'il en est, mon bon ami ; vous êtes tombé entre les mains de quelques-uns de nos brigands des montagnes, et ils vous ont maltraité, voilà tout. Mais, comptez-y, ils seront punis, quels qu'ils soient. Asseyez-vous ici avec moi et faites-moi votre déposition ; ou plutôt, montez sur mon cheval

et allez paisiblement à l'agence où je vous suivrai dans quelques
instants.

Brooker était tellement exténué que ce parti aurait à coup sûr
semblé le plus sage à un homme dans son bon sens, mais il recula
soudain en s'écriant :

— Monter à cheval ! Non, non ; j'ai monté à cheval cette nuit, et
le diablotin du démon regardait pendant tout le temps par-dessus
mon épaule. Je ne monterai plus jamais à cheval, cela me tuerait.

— Alors, dit Moylan, paraissant plus calme et insistant davantage à mesure que l'autre se montrait plus difficile à gouverner,
alors, mon cher ami, nous irons ensemble au village et je condui-
rai mon cheval derrière nous. Prenez mon bon bâton de chêne
pour vous soutenir, et allons.

Brooker se résigna à accepter cet arrangement, et bientôt ils
atteignirent la porte de derrière de l'agence dont Moylan avait la
clef. Celui-ci l'ouvrit tranquillement, conduisit son poney à l'écurie,
et prenant Brooker par le bras, il le mena dans sa chambre où le
feu était allumé et où tout était préparé pour le déjeûner.

Moylan fit asseoir son hôte, lui donna du café très-fort et une
copieuse grillade de lard ; après quoi le lecteur de l'Ecriture, étant
réchauffé et réconforté, donna un récit plus clair de ses aventures
dans la caverne, et rassura entièrement l'agent en lui prouvant
qu'il n'avait pas la plus légère idée du nom ni des traits d'aucun
des acteurs du drame, excepté Shamus, dont le visage était noirci
ou couvert d'un masque.

Moylan s'informa particulièrement de la situation de la caver-

ne, de l'existence de laquelle il avait souvent entendu parler par les
jaugeurs, mais dont l'exacte position n'était connue d'aucun homme
vivant, et sur laquelle il y avait une horrible tradition, racontant
qu'un jaugeur avait été autrefois emmené là par Shaun de la Main-
Rouge, qui l'y avait mûré et où il était mort de faim, dans les
horreurs d'une longue agonie. En réalité, le Pool et tout le voisinage avait un si mauvais renom que peu de gens osaient le visiter, et qu'on l'évitait plutôt avec crainte et cet inexprimable sentiment d'effroi que les Irlandais particulièrement éprouvent pour
tout endroit où le sang a été répandu.

Moylan prit immédiatement note de tout le récit qu'il entendit,
puis il mit soigneusement les papiers dans son bureau et dit à
Brooker :

— Maintenant, mon cher ami, il faut que vous me fassiez un
serment sur cette Bible.

— Un serment ? sur quoi ? demanda Brooker en le regardant.

— J'ai besoin que vous juriez, dit Moylan en évitant avec soin de
laisser paraître aucune émotion sur son visage de marbre, j'ai seulement besoin que vous juriez de ne jamais, par un mot, un signe
ou une insinuation, laisser, à aucune créature vivante, dans la
ville, hors de la ville, deviner ce qui est arrivé ; pas même à
M. Hall, pas à monseigneur lui-même, ou nous sommes perdus. Si
cette affaire était connue, ni vous ni moi ne serions sûrs d'une
heure d'existence. Au moment où vous vous y attendriez le moins,
vous recevriez un coup de couteau dans la gorge ou une balle
vous arriverait à travers votre fenêtre, et vous ne sauriez jamais

qui aurait tiré ou qui aurait frappé. S'il y a sous jeu, comme c'est probable, une dangereuse conspiration, le secret le plus profond est notre seul espoir. Pensez au bien de la religion, Brooker, et vous ne pourrez hésiter à prêter ce serment. Ne sommes-nous pas liés ensemble, de la manière la plus forte, pour déraciner par tous les moyens le papisme en Irlande? Vous ne pouvez douter que j'aie ceci aussi fort à cœur que vous-même.

— Je désirerais le dire à monseigneur, répondit tranquillement Brooker après une pause.

Moylan grinça presque des dents, et de ses yeux perçants jaillit un effrayant regard ; mais Brooker, qui avait les siens fixés sur la fenêtre, ne s'en aperçut pas.

— Vous êtes bien de Yorkshire, Brooker, répliqua-t-il de son ton le plus calme, vous ne cédez jamais. Je vous honore pour votre fidélité à mon seigneur, mais vous ne connaissez pas ce pays comme je le connais, vous le connaissez comme un Anglais peut le connaître, comme un homme d'une race différente par les sentiments et par les instincts, et ne jugeant notre peuple qu'à la superficie. Je ne puis discuter avec vous parce que vous raisonnez d'après des principes différents des miens, mais vous pouvez bien vous conformer assez à mon opinion pour prêter en partie le serment que je vous demande ; accordez-moi un mois de secret absolu pour trouver les hommes qui conspirent dans cette caverne, après vous direz tout ce que vous voudrez.

Brooker réfléchit pendant quelques instants; il fixa ses yeux noirs sur l'agent comme s'il eût voulu lire dans son cœur. Une

influence mystérieuse semblait lui inspirer du doute et de la défiance.

Enfin, il dit lentement et d'un air bourru :

— Je vous donnerai une semaine, M. Moylan, pas un moment
de plus. Après cela je trouverai juste d'informer mon seigneur de
tout ce qui s'est passé. Je crois que trop de choses déjà lui ont été
cachées.

Moylan serra les lèvres mais resta silencieux. Il se détourna
brusquement pour prendre une grande Bible placée sur un guéri-
don, dans un coin de la chambre, et la mit devant le lecteur de
l'Ecriture.

Brooker attendit un peu, comme s'il eût fait une prière silencieuse. Alors, une idée soudaine sembla le frapper :

— M. Moylan, dit-il solennellement, je n'ai jamais été sûr si
vraiment vous croyez et vous aimez la parole de Dieu. On raconte
sur vous d'étranges histoires. Si vous ne croyez pas, j'espère que
vous croirez et que vous prierez avant qu'il soit trop tard ; si vous
croyez, prenez l'avertissement donné par l'Ecriture Divine pour ce
our. Je vais faire une petite cérémonie qui est en usage dans
jl'Yorkshire lorsque l'on doit prendre une décision sur un sujet
douteux. Je tirerai un verset, je le plierai pour vous le renvoyer
après mon départ, et je prie Dieu que ce soit pour le bien de votre
âme.

Il ouvrit la Bible, regarda le verset que son doigt avait touché,
et de sa voix profonde et sonore lut ces mots :

— Devant l'homme est la vie et la mort, le bien et le mal; ce qu'il aura choisi lui sera donne. »

Le dur visage de Moylan devint encore plus sévère, en entendant ces paroles, il posa vivement sa main sur Brooker qu'il étreignit avec force.

— Ne soyez pas un faux obstiné, Brooker, donnez-moi le mois que je vous ai demandé. Choisissez pour vous-même *la vie,* comme le disent ces paroles ; ne courez pas les yeux ouverts où vous pourrez trouver *la mort.*

Il parlait avec tant de vivacité et paraissait si troublé que Brooker fut pendant un instant surpris et ébranlé.

— Pourquoi parlez-vous ainsi? demanda-t-il, avez-vous une raison? Mais, non... non, la mort n'est pas le plus grand des maux ; je serai fidèle.

Il posa avec fermeté sa main sur la Bible.

— Moi, Israël Brooker, je jure ceci librement et de ma propre volonté : Je fais serment de garder le silence sur tout ce qui s'est passé la nuit dernière *entre moi et d'autres,* pendant une semaine à partir de ce jour, *et pas plus longtemps.* Ainsi, que Dieu m'assiste !

Et sans prononcer une autre parole, le lecteur de l'Ecriture plia lentement la feuille, ferma la Bible et sortit de la chambre.

Le visage de Moylan devint couleur de cendre , tandis qu'il s'asseyait en face du feu et couvrait ses yeux de ses mains.

XII

— Ainsi donc, mauvaise petite créature, je n'aurai pas plus tôt tourné les talons que vous et Randal mettrez toute la ville en émoi. C'est là une jolie conduite !

— Maintenant, cher Père Murphy.....

— Oh ! oui, je serai son cher Père Murphy, n'est-ce pas ? Vous l'avez assez prodigué, petite enjôleuse. Ç'aurait été *cher* Père Murphy si sa maîtresse d'école était partie, et que lui-même fût resté là comme le maître et la maîtresse, miss Macnamarra.

— Maintenant, cher, bien cher Père Murphy, si vous parliez

sérieusement, si je ne vous connaissais pas si bien, vous ôteriez de mon cœur la dernière goutte de sang ; mais je sais bien que vous plaisantez, cher Père..

Et Una, le regardant d'un air tout à la fois confiant et suppliant, s'agenouilla pour recevoir sa bénédiction.

— Bien, ainsi, ma chère, dit le prêtre. Et faisant le signe de la croix, le bon vieillard posa légèrement sa main sur la tête de la jeune fille.

— Una, ma fille, dit-il, ce n'est pas en vain que vous vous êtes fiée si longtemps à moi. Vous avez été une bonne enfant ; ainsi, maintenant, levez-vous et et dites-moi tout concernant votre jeune mauvais sujet. Asseyez-vous là sur ce tabouret, avant que j'aille chez Mick Dolan voir comment va la vieille. — Mais attendez ; où avez-vous mis les deux pauvres petits Rooneys, mes enfants prodigues ; eh ?

— Dans la cuisine, cher Père ; dans la cuisine, avec la vieille Peggy ; à coup sûr, elle leur prépare quelque friandise.

— Oui, c'est bien possible, dit le prêtre. Ne savez-vous pas, miss Una, que j'aime un cheveu de leurs chères petites têtes (que Dieu les protége, pauvres agneaux !), plus que toute votre charmante personne avec toute votre science ?

— J'en suis certaine, cher Père, car ils sont revenus comme l'enfant prodigue, et moi je ne suis que la pauvre aînée qui n'a rien mérité par ses souffrances. Prenez garde que je ne devienne aussi enfant prodigue un de ces jours !

Le Père Murphy la menaça du doigt, puis il s'assit sur une large

chaise, prit sa tabatière, la frappa, lui donna une secousse, en tira
une prise raisonnable, et Una commença son histoire.

Lorsqu'elle eut fini, et que le Père Murphy eut fini de rire, ce qu'il fit jusqu'à ce que les larmes coulassent sur ses joues, il essuya ses yeux, remit ses lunettes à leur place, et dit :

— Là, maintenant, je suis satisfait de connaître la vérité de tout ceci, car j'ai entendu plusieurs versions. Mais vous avez raison, Una, ma chère petite fille ; quoique j'en sois fâché, vous devez finir par vous marier et quitter la ville. Cependant, vous n'oublierez pas votre vieil ami, votre Père, et vous reposerez sous les vieux buissons du cimetière ; et d'ailleurs, nous vous verrons souvent, mon enfant, et nous entendrons parler de votre bonheur.

De grosses larmes roulaient dans les yeux d'Una pendant qu'il parlait, quelque chose d'inaccoutumé la serrait à la gorge.

— Oh ! Père, cher Père Paul, comment pourrai-je jamais vous quitter ; aussi loin que remontent mes souvenirs, je vous ai connu et aimé !

— Ceci est vrai, mon enfant, répliqua l'excellent et affectueux vieillard ; vous avez été baptisée par cette main, petite créature, riant et criant dans les bras de votre grand'mère ; ensuite vous êtes devenue assez grande pour prier vous-même en irlandais, comme la vieille Nora vous l'avait appris ; puis vous êtes venu dire votre catéchisme et faire votre confession. Comme vous étiez fière ce jour-là ! je crois vous voir encore.

— Oh ! je m'en souviens bien, s'écria Una ; et j'avais été très-chante, et j'étais bien fâchée d'avoir à le dire.

— Oui, vous n'étiez jamais bien forte du côté de la bonté, dit le prêtre en la regardant à travers ses lunettes vertes et souriant en même temps pendant qu'elle se reportait par le souvenir aux jours de son enfance. Ah ! pensait-il, que le Ciel la conserve ainsi, telle qu'elle a été jusqu'à présent : une enfant accomplie dans l'innocence et la pureté de son cœur.

— Jamais forte du côté de la bonté, répéta le vieillard en prenant une nouvelle prise de tabac, mais il est une chose que je dois dire de vous, Una ; vous ne m'avez jamais dit le plus petit mensonge. Quoi que vous disiez, je savais toujours que c'était franc comme l'acier. Conservez cette franchise dans cette existence de femme mariée, Una ; et votre mari, vos enfants vous béniront, et vous serez pour eux une véritable bénédiction. Et maintenant, ma petite fille, je vous dirai que le Père Fitz-Simon, ce bon prêtre qui était ici, cherche avec les moines de Duncarra à obtenir une place pour Randal, et il espère l'avoir cette semaine. Aussitôt que j'aurai sa parole, vos bans seront publiés. Voulez-vous dire ceci de ma part ce soir à votre grand-père et à votre grand'mère ?

— Oh ! oui, à coup sûr, je le dirai ! s'écria Una. Que Dieu vous protége et vous récompense, cher Père Paul, pour tout le bien que vous faites à une pauvre fille ! Mais, à propos de l'école, Père, je ne puis vous laisser chargé des enfants ; j'attendrai jusqu'à ce que vous ayez trouvé une bonne maîtresse pour me remplacer dans la direction de l'école.

— Je crois en avoir trouvé une, mon enfant ; j'ai envie d'essayer d'Elley Blaker. Qu'en dites-vous ?

— Elley! Oh! Père, l'école irait merveilleusement bien avec elle ! Et comme elle est raisonnable avec les plus grandes filles ! Oh ! ceci enlève un poids de mon cœur !

— Eh ! bien, cela soulage aussi le mien, répliqua le vieux prêtre en souriant. Ainsi maintenant, allez, ma fille ; après avoir renouvelé l'eau des fleurs dans l'église, dites quelques mots à Notre-Seigneur et à sa sainte Mère, et ensuite courez à la maison de votre grand'mère. Que Dieu vous bénisse, mon enfant !

Le bon prêtre posa encore sa main sur la tête inclinée d'Una.

Elle lui fit sa petite révérence, et il s'éloigna, ses cheveux blancs flottant sur son dos, son livre d'office sous un bras, et portant à l'autre main un bâton solide. Certainement le Père Paul Murphy n'était pas beau ; ses yeux étaient petits, son nez ressemblait à une pomme de terre, ses joues et sa bouche étaient énormes et disproportionnées ; il n'était pas très-instruit, et en littérature légère il était à la fois ignorant et arriéré. Quoiqu'il eût le plus grand respect pour la science et pour ceux qui la possédaient, il ne lisait pas et s'en rapportait à son bon sens naturel et à son jugement droit qui faisaient prospérer entre ses mains tout ce dont il s'occupait. Il connaissait tous ceux qui faisaient partie de son troupeau, depuis le plus vieux des patriarches jusqu'au dernier né des bébés, et même la plupart des chiens et des chats qui vivaient dans les cabanes. Il n'oubliait jamais un nom ; jamais il ne confondait les affaires d'une personne avec celles d'une autre.

Son habileté pour les soins à donner à la terre ou au bétail et ses connaissances au sujet des récoltes étaient tellement connues

que son avis était recherché dans la plupart des paroisses envi-
ronnantes, et ses jugements manquaient rarement d'être exacts.

Mais c'était dans sa charité, dans sa profonde sympathie pour
tous ceux qui avaient besoin de lui qu'était la plus grande force du
Père Paul. Son cœur admirable était toujours à la disposition de
quiconque avait besoin de recourir à lui, et bien des fois ses
habits furent ôtés de dessus son dos, ses quelques cuillers
vendues, ses biens engagés pour les pauvres de son troupeau,
surtout pour les mères restées veuves ou pour les orphelins demeu-
rés sans un ami.

Plus d'un touriste, impertinent et rempli de vanité, qui a ri de
la naïve ignorance du Père Murphy et qui l'a méprisé à cause de
ses sobots irlandais et de son extérieur simple et naturel, sera
frappé en voyant sa place d'honneur et sa récompense au dernier
jour.

Mais, après tout, de quelle valeur sont les jugements des hommes ? S'ils méprisent bien le Maître du pauvre prêtre irlandais,
pourquoi ne mépriseraient-ils pas aussi le prêtre ?

Il se dirigea vers la demeure de Mick Dolan, dont la vieille
mère était près de sa fin et avait besoin d'*un mot en irlandais* pour
la soutenir dans la vallée sombre, car le son des bonnes paroles
dans la vieille langue celtique, si douce et si plaintive, était doublement doux à ses oreilles dès longtemps habituées à l'entendre.
Quant à Una, elle prit la petite galerie qui conduisait à la porte de
l'église, et, après s'être agenouillée un instant, elle se dirigea vers

l'autel et se mit à arranger les fleurs, à les trier et à leur donner de l'eau fraîche.

Le Père Paul lui avait assigné cette charge, donnant pour raison qu'*elle avait toujours des souliers propres ;* mais au fond du cœur il se réjouissait qu'un cœur aussi pur fût occupé des affaires de l'autel et du sanctuaire ; on peut dire qu'Una avait complétement la confiance du Père Murphy. Elle avait aussi le doux office de faire pour lui divers autres petits travaux pour lesquels les yeux de la vieille Peggy refusaient maintenant le service. Elle cousait ses collets, faisait les immuables petites coiffes de toile avec lesquelles les enfants prétendaient qu'il dormait. Elle rapiéçait et raccommodait ses soutanes qu'avec une juste fierté il montrait à ses collègues, comme de splendides broderies ; et tout ceci, elle le faisait d'une manière si simple, si gaie, si dénuée de toute prétention, que la féroce jalousie de la vieille Peggy elle-même n'en prenait pas d'ombrage, et qu'elle pensait toujours accorder une faveur à Una en lui procurant l'occasion de se rendre utile.

Tandis qu'Una était occupée dans l'église et dans la sacristie, le brillant soleil de l'automne pénétrait en rayons splendides par les fenêtres ouvertes, apportant avec lui les parfums de l'automne qui rendent la fin de l'année si pleine de poésie.

Au dehors, on voyait les monticules couverts de verdure, sous lesquels les morts reposaient jusqu'au jour du jugement; une croix de pierre, ou au moins de bois, était placée à la tête de chaque tombeau avec le nom, la date, et la demande du chrétien pour une prière de souvenir. De grands buissons d'aubépine couvraient le champ de repos de l'ombre de leur feuillage maintenant jauni par l'automne, le doux chant du rouge-gorge était le seul bruit qu'on entendît dans ce lieu paisible.

C'était un samedi, jour de demi-congé, et Una ressentit une satisfaction intérieure d'avoir un peu de temps pour penser et prier tandis qu'elle allait et venait lentement. Il lui était toujours facile de prier quand ses mains étaient occupées. Combien de raisons n'avait-elle pas d'être reconnaissante ! La grande bonté du Père Fitz-Simon; une position pour Randal; un intérieur calme et heureux, et pas trop éloigné. Son grand-père et sa grand'mère pouvaient même venir vivre à Duncarra; Martin pourrait aller à l'école chez les moines, et, lorsqu'il serait grand, devenir lui-même un moine. Martin était si bon et si tendrement aimé ! Et les poulets, les œufs, les frais rouleaux de beurre jaune qu'on apporterait en présents au Père Paul ! Et les fleurs ! il n'y avait pas dans tout le pays environnant un endroit qui valût Duncarra pour les fleurs.

Une ombre traversa soudain le rayon lumineux dans lequel se trouvait Una, une figure passa devant la fenêtre et sembla regarder à l'intérieur. Una leva les yeux, mais elle n'aperçut qu'une grande ombre qui s'éloignait, et supposa que quelque étranger cherchait le prêtre pour se confesser.

Les fleurs étaient prêtes, et elle se mit à les replacer sur l'autel. Lorsqu'en sortant de la sacristie, elle rentra dans l'église, elle vit un personnage de grande taille agenouillé à l'extrémité, dans l'ombre projetée par la galerie des orgues; dès qu'elle fut entrée, cet homme s'avança un peu, et pendant qu'elle arrangeait l'autel.

s'agenouilla dans le premier banc. C'était un grand et sombre gentleman, bien vêtu, ayant de beaux traits, mais une grande barbe et des moustaches.

Una ne le regarda pas davantage, car elle crut que c'était un de ces touristes qui viennent à Pétersville à l'époque de la pêche du saumon pour laquelle le pays est renommé. Mais elle pensa que s'il attendait le prêtre, il serait bien de lui dire que celui-ci ne serait pas au confessionnal avant le soir. Elle se retourna donc, tenant à la main le dernier vase de fleurs, et lui dit à demi-voix que : « le Père Murphy ne serait pas au confessionnal avant six heures, mais qu'il pourrait le voir dans sa maison à cinq heures et demie. »

L'étranger tressaillit à son approche comme un voleur pris sur le fait, et lorsqu'elle tourna vers lui sa douce et modeste physionomie, il la regarda avec une étrange expression d'avidité et de crainte. Ce regard fut perdu pour Una, car, comme elle était dans l'église, elle tenait les yeux baissés, et dès qu'elle eut fini de lui parler elle retourna à l'autel.

Lorsqu'elle eut terminé son travail, elle se rendit à la chapelle de la Vierge, où elle resta quelque temps agenouillée et priant.

L'homme étrange demeura à la même place, mais à coup sûr il ne priait pas. Sans savoir pourquoi Una elle non plus ne pria pas longtemps sans se sentir en quelque sorte attirée par une influence étrangère. Elle avait espéré être tout-à-fait seule, et maintenant il y avait là, dans l'église, un gentleman qui la regardait. Pourquoi restait-il là ? Elle aurait désiré qu'il partît.

Comme si lui aussi eût senti une influence magnétique agissant sur sa volonté, l'étranger se leva, et après s'être arrêté un instant devant un tableau, sortit par la grande porte. Alors Una fut contente et se sentit plus libre.

Mais il était dit que ce jour-là ses prières devaient être interrompues. Du côté de la maison, sous l'arcade qui séparait la chapelle de la Vierge du presbytère, une petite figure ouvrit sans bruit la porte, et une douce voix qui murmura : Una, fit lever les yeux à la jeune fille.

Elle vit le visage de l'enfant pâle d'émotion et de crainte, et dès lors il n'y eut plus de prières possibles pour Una. Son cœur se serra ans qu'elle sût pourquoi. Elle s'empressa de s'avancer sans bruit vers lui, car le petit garçon, par ses signes, la suppliait de garder le silence ; ils franchirent tous deux la porte conduisant dans la maison et dans le cabinet d'étude ; alors Una ferma la porte et s'écria :

— Shamus ! qu'y a-t-il ? dites-moi vite ce qu'il y a !

— Chut ! chut ! murmura le pauvre idiot ; il n'y a rien *encore* ; mais ; oh ! la colombe, la blanche colombe, sanglante sous la serre du faucon ! Elle se débat et s'agite, mais les griffes pénètrent dans son cœur !

— Shamus, mon cher cœur, qu'y a-t-il ? Parlez-moi, Shamus !

Les grands yeux du pauvre garçon étaient égarés ; il semblait s'efforcer en vain d'exprimer les images d'horreur et de crainte qui troublaient son esprit. Dans cet état de surexcitation il ne pouvait que proférer des sentences sans suite, convertissant en quelque sorte en figures et en apologues ce qu'il voulait dire.

Il regarda fixement le visage pâle d'Una, et s'efforça de parler :

— L'aigle doit fuir avec la colombe — maintenant, *maintenant!* et laisser les faucons combattre ensemble. Mais, oh, le loup, le loup! il voit trop loin; ses griffes cruelles sont trop longues!

Tandis qu'Una essayait de comprendre le sens de ces paroles et attendait que l'accès fût passé, l'ombre de l'étranger parut de nouveau devant la fenêtre. Shamus, tombant presque de convulsions par la terreur qu'il éprouvait, attira Una et se mit lui-même dans l'angle le plus éloigné de la chambre où il se tapit sur le sol. Quelqu'un parut regarder à l'intérieur, et ne voyant rien, s'éloigna. Quand le bruit des pas cessa de se faire entendre, Shamus se leva et imitant à voix basse mais fidèlement le cri des oiseaux effrayés par un oiseau de proie, il dit d'un ton faible comme un murmure :

— Le faucon! le faucon! Oh! ne restez pas ici pour être tuée!

— Qui est-ce, Shamus? dit tout bas Una; est-ce ce grand homme noir qui est venu dans l'église? Qui est-il, cher?

— Noir, oui, noir! Oh! comment Shamus pourrait-il le connaître? s'écria-t-il en tordant ses mains avec désespoir. Comment Shamus pourrait-il savoir que son cœur était noir comme la nuit lorsque son ami était pour lui bon et tendre? Pourquoi Shamus ne pouvait-il le secourir et lui parler? Comment pouvait-il jamais savoir ce qui se passait dans le cœur noir de son ami? Et maintenant cela ne vaut rien; méchant Shamus, il ne pourra jamais dire ce que son ami a l'intention de faire ! Oh ! jurer sur les saintes Reliques de ne jamais rien dire, et peut-être être tué une minute après et aller en enfer pour toujours ! O Marie, très-douce Mère, ne jamais, jamais voir votre cher et saint visage.

Les images effrayantes qui remplissaient l'esprit troublé de l'enfant s'emparèrent si complétement du peu de raison qu'il possédait qu'il tomba dans d'horribles convulsions, poussant des cris longs et lamentables qui pénétraient jusqu'au fond du cœur de la pauvre Una. Elle courut demander à Peggy quelques gouttes d'eau de vie qu'elle introduisit dans la bouche du pauvre garçon. Elle pensait avec raison que le sommeil ou l'engourdissement pouvaient seuls rétablir le calme dans un esprit et dans un corps si frêles.

Après un long temps écoulé, les cris devinrent sourds et lugubres ; le Père Murphy rentra, et lorsque Una lui eut raconté tout ce qui s'était passé, le bon vieux prêtre, tout surpris, la pria d'aider Peggy à porter Shamus dans l'une des chambres à coucher situées à l'étage supérieur, et d'y rester elle-même jusqu'à son retour.

Il dit à Peggy de donner du thé à Una et demanda que le sacristain, qui était dans le village, restât dans la cuisine jusqu'à ce que lui-même fût revenu, et qu'il ne laissât personne entrer dans la maison.

Ensuite, reprenant son fort bâton, il se hâta de sortir de nouveau.

XIII

Le Père Murphy revint avec deux compagnons. Le vieux Macnamara et Molina l'accompagnaient pour prendre Una et la ramener
chez elle. Le curé, avec sa sagesse et sa vieille expérience, connaissait assez le pays et l'état de Pétersville pour être sur ses gardes,
et jusqu'à ce qu'Una et Randal fussent mariés, il insista pour
qu'elle fût soigneusement gardée sans l'effrayer ni exciter l'attention. Il voulut garder Shamus dans sa maison jusqu'à ce que le
mystère qui pesait sur lui et les autres inconnus fût expliqué.
Après tous ces arrangements, il dit qu'il aimerait à avoir un peu

de paix et de solitude pour dire son Bréviaire et préparer son sermon.

Il leur donna sa bénédiction avec une apparence de tranquillité qui cachait un cœur oppressé ; ensuite, laissant Shamus à son sommeil fiévreux et agité, il alla prier pendant quelque temps dans l'église. Après quoi il convint avec lui-même (entre autres choses) d'aller le lendemain matin à Duncarra et de voir le Père Lawrence au sujet de la place de Randal.

Il prit cette résolution juste au moment où Eudora Powderhouse en prenait une d'un genre tout différent ; c'était de faire une ronde dans le village et d'y récolter des enfants pour son école, car elle avait l'intention de faire nouvelle exhibition de zèle et de progrès.

Ces deux résolutions furent exécutées, mais comme il est bien connu que nul ne peut être dans deux endroits à la fois, nous abandonnerons momentanément le bon prêtre pour suivre Eudora Powderhouse.

Après déjeuner, et tandis que monseigneur était plongé dans la lecture du *Times*, Eudora sortit, accompagnée par le révérend M. Hall. Quelqu'un qui aurait observé ce couple, voyant la dame avec ses mains dans ses poches, sa robe étriquée, ses lourds souliers cloués, et un noueux bâton de bois de chêne sous un bras; voyant d'autre part M. Hall avec sa douce physionomie, son air paisible et suppliant, et son habit noir à longs pans ; quelqu'un, disons-nous, qui les aurait regardés tous deux aurait certainement trouvé que la dame avait l'air plus masculin que son compagnon.

Arrivés à la première porte indiquée sur leur liste, ils frappèrent.

Aucun bruit ne leur répondit.

— Poussez la porte, M. Hall, dit Eudora ; je suis sûre d'entendre quelqu'un à l'intérieur.

M. Hall appliqua avec obéissance son épaule contre la faible porte qui céda aussitôt, de sorte qu'il s'en fallut de peu qu'il n'allât tomber sur le nez au milieu de la cabane.

Eudora parut contrariée et fit son entrée d'un air magistral.

— Bonjour, mistress Sweeny. Dites-moi, s'il vous plaît, pourquoi la porte était si solidement fermée ?

— Certainement, madame, ma chère dame; les enfants, pauvres innocents ! C'est moi, qui n'ai pas un chiffon pour les habiller; ma bonne dame, et je ne puis pas les envoyer à l'école ; moi-même j'ai été malade.

A la vérité, trois enfants frissonnants étaient par terre groupés en un tas, et vêtus seulement d'une chemise. Cependant, quelque pensée réjouissante semblait soutenir leur esprit, car, par intervalles, pendant l'entretien de miss Powderhouse et de leur mère, ils rampaient et s'agitaient avec une gaieté silencieuse.

— C'est justement pour cela que je viens, répondit sévèrement Eudora. Quant aux vêtements, mistress Sweeny, je suis sûre que vous avez eu assez de calicot, d'indienne et de flanelle pour habiller deux fois ces enfants, à moins que vous n'ayez vendu ou engagé les étoffes. Rappelez-vous ceci : *J'aurai les enfants*. Quoi qu'il puisse arriver ou ne pas arriver, souvenez-vous qu'ils doivent être dans mon école la semaine prochaine, ou que je parlerai à M. Moylan pour qu'il mette votre mari hors de la cabane.

— Oh! à coup sûr, ma chère dame, vous n'en auriez pas le cœur! s'écria la pauvre femme en fondant en larmes; vous ne feriez pas cela à un pauvre homme souffrant, sans amis, et père de six enfants! Il est si difficile de trouver une maison à cette époque de l'année, ma noble dame!

— Ceci m'importe fort peu, répondit Eudora, et vous n'obtiendrez rien de moi de cette manière. Vous avez une belle occasion d'obtenir du bien-être, et moi-même je m'emploierai pour vous si vous voulez seulement être raisonnable et envoyer vos enfants. Je m'étonne que vous n'ayez pas de honte d'hésiter à les donner à l'école principale. Mais, enfin, choisissez maintenant entre ceci et un congé définitif.

— Un congé, pour errer sans abri dans les montagnes, pendant un hiver si rigoureux que les moutons même ont dû souvent être mis à l'abri des murailles, tellement l'air était froid et piquant!

Comment s'étonner de la promesse que mistress Sweeny fit en bégayant? Comment s'étonner, lorsque ses visiteurs eurent disparu, qu'elle se jeta sur une chaise avec son tablier sur son visage et qu'elle tordit ses mains dans l'agonie de son désespoir?

— O Dieu de miséricorde! que son nom soit glorifié! O Marie, Mère de douleurs, venez en aide à une pauvre femme abusée! Oh! que dira le Père Murphy lorsqu'il saura que je me suis éloignée de l'autel et de l'absolution! Mais, oh! comment pourrais-je laisser mes pauvres petits mourir de faim et de froid sans une maison pour les abriter?

Les enfants, effrayés et chagrinés, vinrent entourer leur mère, et tous sanglottèrent et crièrent ensemble.

Il est vrai que miss Powderhouse et Exeter Hall n'entendirent pas leurs plaintes et ne furent pas témoins de l'agonie de ce cœur de mère. Mais ces cris arrivèrent à Celui dont l'oreille est toujours ouverte à la priere du pauvre et de l'opprimé, et sa main enregistra ce qui sera lu un jour à haute voix devant tous les hommes et les anges.

Songeant peu à tout ceci, les deux apôtres de la Société de la Lumière religieuse de l'Irlande occidentale passèrent à la cabane marquée la seconde sur leur liste. La porte en était aussi fermée, et ils frappèrent deux fois sans obtenir aucune réponse. Entre ces deux coups, une curieuse pantomime avait eu lieu à l'intérieur, et si la porte fût devenue tout-à-coup transparente, les deux visiteurs auraient peut-être partagé le plaisir que ce spectacle causa à un voisin, qui, d'un jardin situé derrière la maison, fut témoin de toute la scène.

Il vit la huche à la farine retournée sens dessus dessous, placée sur deux briques et cachant le maître de la cabane; puis les deux petits enfants furent enlevés de terre, et, tandis qu'on les exhortait doucement à être « muets comme des poissons », disparurent subitement, l'un dans le four, l'autre dans le coffre à serrer les provisions, sur lequel on étendit un vieux jupon en guise de couvercle.

Tout ceci étant préparé en moins de temps qu'il n'en faut pour l'écrire, mistress Rooney prit un air souffrant, et alla, toussant et le visage emmailloté, ouvrir la porte à Leurs Honneurs ; quoiqu'elle n'eût, dit-elle, jamais pensé que ce pourrait être Leurs Honneurs de si grand matin, et qu'elle eût été certaine que ce n'était rien de plus que l'aveugle O'Reilly, le joueur de musette, demandant un morceau à manger.

— Bien, bonne femme, répliqua M. Hall, mais est-ce là une raison pour que la porte soit ainsi fermée ? Savez-vous que c'est la seconde fois aujourd'hui que miss Powderhouse attend, exposée au froid, devant les portes des cabanes ? Vraiment, ceci ne doit pas se renouveler.

La toux de mistress Rooney était si forte qu'elle ne pouvait saisir ce qu'on lui disait. Elle demanda pardon, prit un air innocent, mit la main à sa tête. Elle était tellement sourde, grâce à cet insupportable mal de dents, qu'elle n'avait pas entendu les coups frappés par Son Honneur. En vérité, elle devait s'être assoupie quelques instants, car elle n'avait pas dormi de la nuit.

Eudora la regardait sans défiance.

— Et votre mari, et vos enfants, dorment-ils aussi ? demanda-t elle. Où sont les enfants ? Pourquoi n'ont-ils pas été à l'école pen dant ces derniers temps ?

— En vérité, ils n'étaient pas bien, pauvres créatures ; et j'ai cru bien faire en les envoyant dans les montagnes, à la veuve Collins pour les changer.

— Et quand reviendront-ils ? demanda M. Hall, qui pensa que le temps était venu de se mêler à la conversation

La femme ne pouvait pas le dire, ils étaient mieux, mais il fallait encore du temps pour leur rendre des forces.

— Où est votre mari? demanda encore brusquement Eudora.

Elle tourna ses yeux perçants de tous côtés, il était trop tard pour détourner son attention ; deux pieds, chaussés de sabots et parfaitement visibles, semblaient soutenir la huche à la farine, et Eudora en colère ordonna péremptoirement au coupable de se montrer. Un torrent de reproches l'accabla, et il devint évident que, sous peine de perdre sa cabane, sa terre, ses moyens d'existence et la récolte qui devait suivre son pénible labour, ce laboureur libre, dans un pays chrétien et libre, allait être forcé de s'engager à envoyer ses enfants à l'école de miss Powderhouse, pour y être instruits dans une religion qu'il savait n'être pas la véritable.

L'entrée des enfants à l'école fut inscrite dans le carnet neuf de M. Hall, sous le numéro 2, et jusqu'au moment où il fut délivré par le Père Murphy, dans une cérémonie à laquelle nous assisterons, le très-puissant paysan languit et se consuma sous le poids d'une conscience chargée, privé des sacrements qui seuls nous font vivre.

Eudora et son compagnon, continuant leur route, arrivèrent à une autre cabane. Là aussi la porte était fermée, mais une violente secousse donnée par M. Hall l'ouvrit et permit de contempler Biddy Porter assise à dîner avec ses huit jeunes enfants. Ils entouraient une large gamelle d'où s'exhalait la vapeur d'une quantité raisonnable de pommes de terre accompagnées d'un petit morceau de lard.

Les huit petits Porters tournèrent leurs seize grands yeux vers miss Powderhouse, avec un sentiment non déguisé de répugnance et de crainte. C'étaient de forts et beaux enfants âgés de deux à treize ans.

— Mistress Porter, dit Eudora, désireuse de gagner les bonnes grâces de la mère de huit écoliers, vous n'avez pas envoyé vos enfants à l'école ces jours-ci. J'espère que bientôt vous essaierez de le faire. Si vous ne pouvez pas les tenir prêts d'assez bonne heure, je paierai une fille pour venir vous aider à les habiller.

— Vous êtes trop bonne, madame, dit mistress Porter en faisant une révérence respectueuse, mais je n'abuserai pas de votre bonté ; mes enfants vont chaque jour à l'école,

— Chaque jour ! Où les envoyez-vous ?

— A leur propre école, madame, chez miss.Macnamara.

— Mistress Porter, vous m'étonnez ! Combien de fois ai-je dit que ce n'est pas là l'école du seigneur ! M. Hall a prêché cinquante fois, il a écrit, il a répété constamment que l'ardent désir de monseigneur est que tous les habitants de Péterswille envoient leurs enfants à son école. Ils ont là gratis des livres, des cahiers et des bibles, et ils reçoivent la meilleure éducation sans qu'il en coûte rien. Pourquoi ne voulez-vous pas profiter de tant d'avantages et d'une pareille générosité ?

— Je vais vous le dire, Madame, répliqua respectueusement Mistress Porter ; à coup sûr, je ne veux pas nier la grandeur des avantages qu'offre l'école de votre seigneurie, ils sont plus grands peut-être même que dans la nôtre, quoique, en vérité, notre école soit excellente, et sa maîtresse aussi, que Dieu la bénisse. Mais, madame, mes enfants ont des âmes à sauver, et je désire qu'ils soient élevés dans la même religion que leur mère. Je ne puis songer à aller, moi, au ciel, et à envoyer mes enfants en enfer. Voilà pourquoi toutes les autres choses sont de peu d'importance à mes yeux, comparées à la Foi sainte.

Mistress Porter avait parlé avec tant de calme et de respect qu'Eudora ne songea pas à l'interrompre ; et, seulement lorsque la veuve eut fini, miss Powderhouse répliqua d'un ton aigre :

— Vous êtes folle, mais vous choisirez aujourd'hui entre votre seigneur et votre prêtre ; nous savons très-bien que c'est lui qui vous excite tous à cette désobéissance, à cette résistance obstinée à votre seigneur ; et celui-ci n'est pas disposé à laisser plus long-temps de pareils actes impunis. Vous enverrez les enfants à mon école ou vous quitterez ses terres.

— Est-ce donc ainsi que votre clergé prêche l'Evangile ? dit mistress Porter en fixant d'un œil calme miss Powderhouse. Notre Seigneur a dit qu'on reconnaît l'arbre à ses fruits ; ah ! Madame, si tels sont les fruits de votre Eglise, ils la condamneront sans qu'il soit besoin d'ajouter une parole !

— Femme insolente ! s'écria Exeter Hall, allez-vous vous révolter contre miss Powderhouse et discuter avec elle ? Il se passe maintenant de jolies choses dans ce pays !

— Il se passe en effet de tristes choses, Monsieur, répliqua plus vivement mistress Porter, dont le pâle visage s'anima un peu. Cette pauvre contrée qui était autrefois l'heureuse île des saints et la lumière de l'Europe est devenue un brandon de discorde ; elle a été, pour un temps, abandonné à Satan, comme le saint homme Job. Et, comme lui sur le tas de fumier, elle est pauvre et méprisée, et dépouillée de tout, jusqu'à ce qu'il plaise à Dieu de la relever. Mais, Monsieur, de même aussi que le saint homme Job, quoique ses amis et ses ennemis l'accusent de folie, et le persécutent pour nier Dieu et mourir en abandonnant sa foi , elle Lui restera fidèle jusqu'à la fin, et Il la tiendra dans le creux de sa main.

— Vous êtes décidée, alors, dit Eudora presque avec regret, car elle était capable d'apprécier le courage et la fidélité ce cette digne servante de Dieu , vous êtes décidée à vous éloigner de tous vos amis et à être chassée avec vos beaux enfants ?

— Madame, répliqua mistress Porter en regardant le petit crucifix de bois qui était suspendu au-dessus de la cheminée, je serais profondément affligée d'abandonner le toit sous lequel j'ai vécu heureuse avec mon cher mari, et sous lequel tous mes enfants sont nés ; mais, quoique frappée au cœur, je prendrais un sac et je parcourrais le monde en mendiant plutôt que de donner à l'ennemi les âmes qui me sont confiées. Il n'est pas indispensable de vivre, mais il est indispensable de faire son salut.

Il y avait quelque chose de si calme, de si noble, de si imposant dans les yeux de la veuve, pendant qu'elle faisait cette réponse héroïque, que la malice même et le fanatisme devaient en ce moment s'incliner devant elle et reconnaître l'inutilité de leurs efforts.

— Je suis fâchée pour vous, dit enfin Eudora, je suis très-fâchée.

Je vous estimais, et j'espérais vous faire du bien , je vous laisse un jour pour réfléchir et comprendre mieux votre intérêt.

— Ne soyez pas fachée, chère dame, c'est moi qui suis affligée pour vous, répondit la veuve, dont les yeux restés secs pour son malheur et celui de ses enfants, se remplirent pour son ennemie des larmes d'une tendre pitié. Vous avez un noble cœur, miss Powderhouse, pourquoi ne l'écoutez-vous pas et n'apprenez-vous pas la vérité? La vérité? Eudora avoir tort? Eudora apprendre de la veuve Porter ce qu'elle devait faire ? Elle essaya de sourire avec dédain, mais quelque chose, qu'elle ne pouvait comprendre, lui serrait le cœur. Elle se hâta de sortir de la cabane.

— Ces gens sont insupportables! s'écria Exeter Hall; quelle patience, quelle douceur angélique vous possédez, miss Powderhouse! je crois vraiment.....

—Je vous en prie, M. Hall, ne croyez rien là-dessus, répliqua Eudora avec hauteur , je suis trop contrariée pour parler , j'ai l'esprit bouleversé.

— Cela ne m'étonne pas, soupira M. Hall, levant les yeux au ciel et se méprenant complétement sur le sens de cette réponse ; ces prêtres ont véritablement un pouvoir diabolique ; ah! nous arrivons à la fin des temps, et tous ces Catholique-Romains qui refusent de se convertir, seront sévèrement punis de leur obstination ! Ah ! cela stimule le zèle, cela échauffe le cœur pour essayer de sauver le plus possible de ces innocents enfants d'une affreuse condamnation !

XIV

Ils arrivèrent à une cabane beaucoup plus soigneusement entre-
tenue que les autres. Elle était proprement couverte en chaume et
blanchie à la chaux ; une clématite tardive et quelques plantes
grimpantes couvraient les murs de leurs festons. La porte, divisée
en deux parties, n'était fermée que du bas, et l'on voyait dans l'intérieur de la cabane une vieille femme, portant le haut bonnet et
le mouchoir écarlate de l'ouest et du midi de l'Irlande, occupée,
près d'un grand rouet, à filer du chanvre qu'un bel enfant dévidait.
Comme fond à ce charmant tableau, on apercevait un petit ratelier

portant des assiettes et des ustensiles de cuisine brillant d'une exquise propreté ; une image de la Vierge Immaculée et au-dessus d'elle un crucifix. Deux ou trois images de piété étaient suspendues à peu de distance, et dans un bénitier de terre était un peu d'eau bénite.

— Bonjour, mistress Macnamara, comment allez-vous aujourd'hui ? dit Eudora.

— C'est miss Powderhouse, je l'ai reconnue à la voix, répondit la vieille femme, dont les yeux noirs ne voyaient plus. Soyez la bienvenue, Madame ; Martin, donnez un siége.

— Ne vous dérangez pas, je vous prie, dit Eudora ; M. Hall, vous ferez mieux de vous asseoir, vous serez fatigué. Mistress Macnamara, où est Michaël ?

— Il est à son ouvrage, madame, il ne sera pas de retour avant une heure. Et même je ne crois vraiment pas qu'il revienne de jour, car il a emporté un sac et peut-être dînera-t-il à son ouvrage.

— Et Una est à l'école, je suppose ? C'est surtout pour parler d'elle que je suis venue ; je ne suis pas du tout contente d'elle.

— Je suis fâchée d'entendre ce que vous dites, répondit la vieille Nora. Et une ombre passa sur son visage expressif. Il ne m'arrive pas souvent d'entendre porter plainte contre Una.

Je crois qu'elle a de bonnes intentions, dit miss Powderhouse, mais elle prend avec nos enfants des libertés intolérables, et que vraiment je ne puis souffrir.

— Vous m'excuserez, madame, mais si je dois faire des repro-

ches à Una, il faut que je sache pourquoi, dit Nora. De quels enfants parlez-vous ?

— Des enfants sortis de mon école. Elle en a détourné plusieurs
de chez moi pour les faire aller à sa propre école, et c'est ce que je
ne souffrirai pas. Ou elle a envoyé chercher les Rooneys, ou elle
les a fait emmener par les autres enfants, et ils sont partis.

— Les enfants de Daniel Rooney, n'est-ce pas, Madame ?

— Oui, ce sont ses petites filles qui ont quitté mon école.

— Mais, Madame, les Rooneys sont certainement catholiques.

— Eh ! bien, je ne dis pas le contraire. Les parents étaient assez
sages pour envoyer leurs enfants à mon école où ils apprenaient la
géographie, la grammaire et différentes choses qui pouvaient leur
être utiles dans l'avenir ; qu'aviez-vous à dire à ceci, qu'avait à
dire Una, ou qui que ce soit, du moment qu'il leur convenait d'agir
ainsi ? Je suppose que dans un pays libre vous permettrez bien
qu'un homme choisisse lui-même sa propre religion, et puisse
élever ses enfants comme il l'entend. Si les enfants restent à l'école
du prêtre, on reprendra à Rooney sa cabane et sa terre.

— Oh ! Madame, ne serait-ce pas trop dur ? répondit Nora,
abandonnant le fil de chanvre pour joindre les mains. Le pauvre
homme a été si malade, et sa pauvre femme est si faible ; dans
quel endroit du monde pourraient-ils aller, maintenant que la
mauvaise saison approche ?

— Ceci ne me regarde pas, répliqua l'inflexible Eudora ; ce n'est
pas moi qui me suis mêlée de faire sortir les enfants de mon école ;
si quelqu'un l'a fait, il est responsable du mal qui en résultera, et

non pas moi. Si Una s'occupe à séduire mes enfants, c'est elle qui envoie leurs parents sans abri sur les montagnes. Elle aurait dû y songer, car, pour ma part, je trouve que ce serait excessivement cruel ; vous pouvez le lui dire de ma part.

— Oh ! réfléchissez, madame, dit Nora ; songez à la responsabilité que vous prenez. Nous sommes pauvres, nous avons à travailler rudement pour gagner une misérable nourriture, un pauvre abri ; et un sac de paille est le plus moëlleux de nos lits de plume. Nous travaillons du matin au soir, depuis nos plus jeunes années jusqu'à notre mort. Nous faisons tout ceci avec le cœur content et résigné, et je suis sûre que tous les habitants de Pétersville feraient volontiers le tour du monde pour vous rendre service ou même pour vous être agréable. Mais, laissez-nous notre religion, madame ; laissez-nous notre Foi, notre prêtre et notre Dieu. C'est là tout ce que nous vous demandons en échange d'une vie entière de service fidèle. Pensez à la prière du pauvre, et songez qu'elle s'élève jusqu'à Dieu.

Pendant quelques instants, Eudora resta silencieuse, car des pensées nouvelles s'élevaient dans son cœur. Exeter Hall trouva que c'était pour lui une excellente occasion de prendre la parole.

— Bonne femme, dit-il, vous devez comprendre le motif de notre visite ; miss Powderhouse, en venant à vous, représente ici son frère, notre excellent seigneur. Il est décidé à ce que tous les habitants de Pétersville jouissent des avantages d'une bonne éducation chrétienne. Il a bâti des écoles, il vous a donné un lecteur de l'Ecriture pour faire connaître la Bible dans ce pays encore plongé

dans les ténèbres, et un pasteur (quoique indigne) pour vous expliquer ses savantes doctrines. Ma pauvre femme, lisez seulement
ce livre béni, laissez de côté vos erreurs papistes, et jugez par
vous-même.

— Que je juge par moi-même, Votre Honneur? A coup sûr je l'ai
fait, répliqua Nora en souriant. Est-ce d'une éducation chrétienne
que nous avons besoin? et les Catholiques, croyant à l'Eglise que
le Christ a établie sur le Roc de Pierre, ne sont-ils pas les premiers
et les plus anciens de tous les Chrétiens? Et si nous ne pouvons
discourir sur la Bible comme vous, qui *pratique* le mieux la Bible,
de ceux qui assistent chaque jour à la sainte Messe, croyant,
comme le Christ l'a dit Lui-même, qu'ils ont devant eux son Corps
et son Sang, ou de ceux qui nient ses paroles et qui prétendent
qu'Il n'a jamais voulu dire ce qu'il a dit?

Il n'est pas certain que M. Hall eût été en état de répliquer. Il
avait été décontenancé par cette réponse, et c'était pour lui chose
nouvelle; cependant il est probable que le pasteur préparait un
argument triomphant, lorsque Eudora prit la parole.

— La conclusion de tout ceci, mistress Macnamarra, est que :
Una doit renvoyer les enfants de Rooney, et les parents doivent
tenir leur promesse ou renoncer à leur terre. Je n'ai qu'une parole,
et j'agirai comme je l'ai dit.

Et ils quittèrent la cabane sans un mot d'adieu. Pour cette fois,
M. Hall n'était pas fâché de couper court à la discussion.

— Grand'mère, dit le jeune garçon lorsqu'ils furent partis, Una
ne renverra jamais les Rooneys; ils sont revenus d'eux-mêmes, et

ils disent qu'on les couperait en morceaux plutôt que de les faire
en aller encore. Je ferais de même à leur place, grand'mère, je
n'obéirais pas à miss Powderhouse, qui regarde tout le monde d'un
air si méchant et si fier avec son chapeau et son habit d'homme.

— Chut ! Martin ; vous ne devez pas manquer de respect à notre
dame ; c'est une chère créature aussi, si Dieu voulait toucher son
cœur. Priez pour elle, mon enfant, priez la Sainte-Vierge de lui
enseigner ce qu'une femme doit savoir pour pratiquer la justice et
la bonté ; mais, cher, il n'est pas bien de juger ceux qui sont au-
dessus de nous.

— Ah ! Nanna mignonne, mais peut-être est-ce le noir Satan
qui les a placés au-dessus de nous, et non pas notre Dieu Tout
Puissant. J'ai toujours pensé à ceci depuis que grand-père nous a
raconté l'histoire du saint homme Job et comment il fut harcelé
par l'ennemi pendant quelque temps.

— Eh bien, alors, *cushla machree*, vous avez raison de rappeler
les paroles de votre grand-père ; que Dieu le bénisse ; mais vous
pouvez être sûr que le Tout-Puissant surveille le Mauvais Esprit,
et qu'il avait l'œil sur lui pendant tout le temps de la persécution
du saint homme Job pour l'empêcher d'aller au-delà de ce qu'Il
avait permis. Et de même s'Il lui a permis de nous tourmenter
pour punir nos péchés, Il prendra soin de nous aussi, et ne lui
permettra pas de nous faire trop de mal.

— Oui, Nanna mignonne ; mais voici ce que je pense, c'est que
le lecteur de l'Ecriture et eux tous doivent être les amis de Satan

s'il les place au-dessus de nous, et alors nous ne *devons pas* les aimer; nous devons les détester de tout notre cœur.

Cette nouvelle théologie était enbarrassante pour Nora. Elle secoua la tête en faisant doucement tourner son rouet, et elle dit après une pause :

— Je ne puis pas expliquer tout ce que je pense, il faudra demander au Père Fitz-Simon; mais vous voyez, *avich*, que nous ne savons pas *à coup sûr* qui les envoie, après tout; ainsi il vaut mieux ne pas les détester, car le Tout-Puissant dit que nous devons aimer nos ennemis et leur faire du bien.

— Ah! s'écria Martin avec une profonde répugnance; je ne pourrais jamais aimer Israël Brooker, et j'aimerais à le plonger dans l'endroit le plus profond de Lough-Carra, si je le pouvais voilà le bien que j'aimerais à lui faire.

Nora posa doucement la main qu'elle avait de libre sur la charmante tête bouclée de l'enfant :

— *Ma bouchal*, vous serez, étant homme, plus sage qu'étant enfant. Avez-vous jamais entendu votre grand-père dire qu'il détestait quelqu'un ou désirer le plonger dans le Lough?

— Non, Nanna; je ne l'ai jamais entendu, mais il a des cheveux gris et sa taille est courbée. Je ne suis pas comme grand-père et je ne puis souffrir Israël Brooker.

— Que dit le Seigneur, Martin, *avich*, lorsqu'Il fut placé sur la croix?

Martin tourna vers le petit crucifix ses yeux d'une grandeur extraordinaire :

— « Mon Père, pardonnez-leur, car ils ne savent ce qu'ils font », répliqua-t-il.

— Dois-je pardonner à Israël Brooker ? ajouta-t-il après une courte pause ; grand-père lui pardonne-t-il ? et le Père Murphy, lui pardonne-t-il ?

— Oui, *ma bouchal* ; le Père Murphy est un vrai serviteur de Dieu et il suit son exemple.

— Alors, je dois essayer, répondit Martin avec un profond soupir. Nanna, lorsque je serai grand, je voudrais être moine à Duncarra comme le Père Lawrence. Oh ! Nanna ! et voilà Una qui arrive pour dîner avec nous !

Et jetant le chanvre et le dévidoir, l'impétueux garçon s'élança au-devant de sa sœur.

XV

Peu de temps après la fameuse « expédition » d'Eudora, et tandis que Pétersville sentait un nuage gros de menaces suspendu
au-dessus de ses pauvres habitants, Una était une après-midi seule
avec Martin dans l'école des filles. La dernière des écolières avait,
à regret, terminé ses confidences à « la maîtresse », car toutes
aimaient à lui ouvrir leurs cœurs. La dernière petite rebelle avait.
grâce aux remontrances à la fois douces et fermes d'Una, chassé
le démon obstiné qui avait habité son esprit pendant toute l'après
midi, et ayant demandé pardon et dit une petite prière devant

l'image de Notre-Dame, elle était retournée chez elle avec un visage paisible et soumis.

Pourtant Una restait encore. Elle acheva d'abord de marquer les notes, ensuite elle mit l'école parfaitement en ordre, et Martin l'aida avec joie. Mais tout ceci n'avait d'autre but que de gagner, du temps, car Una attendait Randal. Il avait promis de venir ce soir-là pour mettre de la terre fraîche et du lierre sur les marches de l'autel, et Una l'attendait.

Le soleil de l'automne éclairait de ses derniers rayons la classe d'une propreté irréprochable ; on n'entendait d'autre-bruit que le tic-tac de la grande horloge et le joyeux babil de Martin ; on imaginerait difficilement une scène plus paisible et plus heureuse.

Soudain on entendit un pas d'homme, et le petite porte s'agita

— C'est Randal ! s'écria joyeusement Martin, qui courut vers la porte en disant :

— Entrez ! entrez ! Una est lasse de vous attendre !

— Si j'avais su avoir cet honneur, j'aurais certainement volé jusqu'ici, répondit une voix, mais non pas celle qu'il attendait.

Un homme grand, noir et bien vêtu entra dans l'école, ôtant son chapeau avec aisance et d'une manière qui imitait assez bien celle d'un gentleman.

— Je vous demande pardon, miss Macnamara, car c'est ici, je crois, votre domaine ; je suis étranger à ce pays, j'y passe quelque temps pour le visiter et prendre des notes. Je m'intéresse beaucoup aux écoles et à ceux qui les dirigent ; et j'espère faire connai-

sance avec votre bon prêtre, qui, j'en suis certain, connaît parfaitement ce sujet.

Una, peu habituée à d'aussi longs discours, répondit à l'étranger
qu'il ne se trompait pas ; elle ajouta que le temps de l'école était
de neuf heures jusqu'à quatre, et que, en dehors de ce temps elle
ne pouvait recevoir de visiteurs, ni même les faire entrer dans
l'école sans la permission du Père Murphy, mais qu'elle espérait
qu'il voudrait bien venir un autre jour dans la matinée.

Elle pensait qu'après ces paroles il s'en irait ; et lui ayant fait sa
petite révérence elle entra dans la classe pour prendre son chapeau
et son manteau. Où pouvait-être Randal ? Et... oh ! où était-il cet
autre soir... et pendant toutes ces soirées où ces étrangers si curieux semblaient n'avoir jamais fini ?

Lorsqu'elle revint pour fermer la porte de la cour et les fenêtres
de l'autre côté de la maison, l'étranger était encore là.

— Je suis fâchée d'être si pressée, Monsieur, dit-elle avec plus
de fermeté qu'auparavant ; mais il faut maintenant que je ferme
l'école. Martin, mon chéri, prenez votre bonnet et sortons ; je pars.
Grand père et Randal viendront à votre-rencontre.

— Si ce n'était pas une trop grande liberté, dit respectueusement l'étrange gentleman, je vous accompagnerais jusqu'au village,
je vous attendais pour vous donner ma carte, mais puisque vous
suivez le même chemin que moi il vaut mieux que je remplace pour
vous la protection que vous attendiez.

Il lui donna une carte sur laquelle Una lut :

M. Edmond Lefroy, 13, Harcourt Street, Dublin.

Elle aurait bien voulu qu'il s'éloignât, mais il paraissait si calme, son air était si peu alarmant qu'elle n'avait pas de motif raisonnable pour refuser une demande aussi peu importante. D'ailleurs le chemin à parcourir jusqu'à la maison de sa grand'mère était très-court ; elle prit donc Martin par la main pour être sûre qu'il resterait à côté d'elle, et ils quittèrent l'école tous ensemble.

M. Lefroy parlait avec calme et d'une manière intéressante ; il fit plusieurs remarques fort justes ; blâmant surtout les tentatives faites pour engager les pauvres tenanciers à abandonner le catholicisme. Comme c'était là un sujet qui occupait tous les habitants et sur lequel on s'entretenait chaque jour chez ses parents, Una se sentit tout à fait à l'aise et perdit insensiblement son ton d'excessive réserve.

Tout en causant ils arrivèrent au pont placé sur le ruisseau qui s'élargissant soudain à cet endroit, prenait tous les airs d'une rivière.

Ce pont était traversé par une arche vieille et pittoresque, ayant autrefois fait partie d'une tour fortifiée appartenant à une ancienne baronnie du voisinage qui n'existait plus depuis longtemps.

Sous cette arche, d'un aspect si pacifique et couverte de mousse, on pouvait voir trois hommes qui gesticulaient et dont les attitudes n'étaient rien moins que pacifiques. A ce moment le plus fort des trois porta un coup violent à son adversaire, et l'autre se joignit à lui pour le terrasser. Le troisième individu se défendit de son mieux contre ses deux ennemis, mais l'avantage était trop de leur côté pour que le résultat du combat fut douteux. Le petit Martin poussa un cri en élevant ses mains.

— Una! oh! Una, c'est Randal! Ces deux hommes se battent contre lui! Oh! ils le tuercnt!

— Pas si vite, mon garçon! s'écria Lefroy : deux contre un, ce n'est pas beau, n'est-ce pas? Mais nous allons faire maintenant une partie carrée.

Et courant vivement aux combattants il en étreignit un (qui n'était autre qu'Israël Brooker) de ses bras puissants, et donna ainsi à Molina la liberté de repousser notre ami Caolin et de lui porter des coups plus assurés ; ce digne homme était prêt à être terrassé lorsque jetant un regard railleur à Malone et proférant une amère malédiction contre les « amoureux rivaux » se dégagea soudain, s'élança de la muraille sur le sentier qui longeait la rivière, et s'enfuit de toute la vitesse de ses jambes. Alors Lefroy (car pour le moment c'est ainsi que nous devons l'appeler) relâcha un peu le lecteur de l'écriture et le retint seulement à la force d'un bras: Brooker le regardait d'un mauvais œil, mais il n'avait pas la plus légère idée de son identité ni même de l'avoir jamais vu. Il était d'ailleurs surtout occupé de passer son dépit et sa rage sur Una. Son sourire, en la regardant, était loin d'être agréable.

— Je vous félicite, miss Macnamara, de votre nouveau et puissant allié. Il n'est pas difficile de voir qui anime son zèle. Considérant le peu de soutiens que ce scélérat de garçon criailleur a dans le pays, je crois que vous faites bien d'avoir deux cordes à votre arc. Ainsi, je vous souhaite un prompt mariage, je vous.

promets beaucoup de joie, Monsieur (à Lefroy), de votre jeune et douce fiancée ; mais prenez garde : les papistes sont gens rusés, et leurs prêtres peuvent effacer bien des péchés.

Ayant ainsi jeté son venin, Brooker dégagea son bras de l'étreinte de Lefroy, descendit rapidement le talus qui menait droit à la rivière, et fut bientôt hors de vue.

Tout ceci s'était passé en si peu de temps et d'une manière si inattendue qu'Una n'était pas encore revenue de sa surprise, et qu'elle restait immobile, entourant le bras de Molina de ses deux petites mains, et le regardant comme si tout eût été un songe et qu'elle eût craint d'être réveillée.

Et lui aussi, comme dans un songe, paraissait complétement changé. Ses bras tombaient à ses côtés, ses yeux étaient baissés vers la terre. N'avait-il rien à lui dire ? Qui donc l'avait ensorcelé et pétrifié ainsi ?

— Eh ! bien, dit Lefroy, il faut convenir que nous sommes arrivés à temps ; qui était le vaurien qui vous a donné ce coup épouvantable ?

Molina sortant de sa préoccupation leva la tête et s'efforça de faire une réponse convenable au « gentleman », mais ses discours étaient incohérents et ses pensées semblaient bien loin de là. En réponse au doux murmure d'Una qui s'inquiétait de savoir s'il était dangereusement blessé, il lui sourit une minute avec la tendre affection qu'il lui montrait habituellement, et lui jeta un doux regard. Mais quelque chose arrêta le sourire et assombrit le regard.

— Il dit qu'il est le nouveau tueur de loutres de monseigneur, répondit-il à Lefroy, et il me charge de faire des piéges pour les loutres, enfin de vendre leurs peaux. J'ai alors une assez triste besogne à faire sans chasser les bêtes sauvages. Mais, Dieu sait que les ennemis et les charges pleuvent sur nous de tous côtés. Après tout, ceci n'est pas votre affaire, monsieur, mais comment êtes-vous venu...

Il s'arrêta, avec cette véritable politesse et cette délicatesse que vous rencontrez en Irlande derrière la charrue aussi bien qu'à Londres dans certains endroits connus pour être fréquentés par les gens bien élevés.

En regardant les deux jeunes gens, le front de Lefroy était devenu sombre comme la nuit; tous les petits chemins de traverse qu'il avait suivis, ses flatteries, la contrainte qu'il s'était imposée, tout était perdu ; l'édifice qu'il s'était donné tant de mal à élever semblait avoir été renversé d'un souffle. Ils étaient absorbés dans la pensée l'un de l'autre ; et dans leur univers, lui, n'avait pas de place. Il avait cessé d'exister pour eux. Ses passions, contenues momentanément par l'espoir du gain, menaçaient de faire irruption en dépit de ses précautions, de son déguisement et même de sa prudence habituelle. Sans s'en apercevoir il lança à Molina un regard de tigre, et ses yeux se portèrent sur Una avec une expression qu'heureusement elle ne vit pas.

Cependant Randal surprit ces deux regards, il tressaillit et regarda l'étranger plus attentivement. Son expression rappela soudain Lefroy à lui-même ; il ôta poliment son chapeau, mais tous ses efforts ne purent rendre son ton moins amer.

Je vous souhaite le bonsoir, dit-il à Una ; je vois que ma compagnie et ma protection ne vous seront plus agréables maintenant ; j'espère que vous tiendrez la promesse que vous m'avez faite avant que nous n'eussions été dérangés par ce malheureux combat.

Una répondit qu'elle serait doublement heureuse d'être utile à « un ami » et elle lui serra chaudement la main. Randal fut obligé de l'imiter, et il se sentit un peu honteux des soupçons qu'il avait conçus. Malone lui toucha à peine la main, et s'arrêtant soudain au moment où il se préparait à dire quelque chose, il leur tourna brusquement le dos et disparut bientôt parmi les maisonnettes éparpillées dans le village.

XVI

Mais le démon, en partant, semblait avoir marqué Molina de son empreinte. Le nuage qui obscurcissait son front et qu'Una avait dissipé par la magie de sa voix, par le charme irrésistible de sa douce franchise, planait de nouveau sur lui, et il marchait silencieusement à côté d'elle, paraissant perdu dans de pénibles pensées.

Pendant quelques temps Una obligea Martin à rester près d'elle, lui donnant la main, et à discourir sur le poisson, les hirondelles, les vaches qu'on voyait dans les champs et qu'il montrait du doigt

Les Diamants.   11

avec admiration. Mais enfin Una n'y put tenir plus longtemps ; elle vit que l'humeur noire qui s'emparait de Randal lorsqu'il était découragé était mêlée de quelque chose de nouveau et de plus grave, et elle abandonna doucement la main du petit garçon.

— Martin, mon chéri, lui dit-elle, courez chez Dan Doolan, et achetez un pain blanc tendre, pour souper ; je pense bien que Randal entrera ce soir manger un morceau avec grand'père. Choisissez-en un tendre, mignon.

Martin, fier de sa mission et de la monnaie de cuivre qui lui était confiée, déclara qu'il aiderait lui-même Dan à le tirer du four, et partit, léger comme un oiseau.

— Randal, *avich achree*, qu'y a-t-il au monde qui puisse assombrir ainsi votre esprit ce soir ? Dites-le-moi, bien vite ; dites-moi vraiment, qui étaient ces hommes qui vous ont attaqué ? Y a-t-il là quelque chose de plus que vous n'avez dit ? Oh ! pour l'amour de Dieu et de sa sainte Mère, ne me le cachez pas !

Randal sortit de sa rêverie et regarda le doux visage qui était tourné vers lui. Des larmes remplissaient les yeux de la jeune fille, sa touchante expression témoignait de l'amour et du dévouement de la meilleure des épouses. Avait elle pu, — oh ! pouvait-elle un seul moment songer à un autre ? Assurément c'était impossible, où ses pensées, à lui, s'étaient-elles égarées ?

— Una, ma mignonne ! j'étais bien malheureux et bien méchant ; oh ! j'ai été bien méchant !

Una respira plus librement :

— Parlez, parlez, vous savez qu'il n'y a pas de blessure plus dangereuse qu'une blessure cachée ; dites-moi tout, mais tout ce qu'il y a de pire !

— Vous avez raison, Una, vous avez toujours raison ; mais vous ne saurez jamais ce qui m'a troublé aujourd'hui, vous ne connaîtrez jamais l'horrible agonie d'un esprit jaloux !

— Jaloux ! s'écria Una au comble de la surprise, jaloux ! à coup sûr, cher Randal, vous rêvez !

— Ecoutez, Una, ma bien-aimée, écoutez. Vous ne connaissez pas le cœur d'un homme, *avich*. J'ai été harcelé de toutes manières , tout a été de travers. Je me faisais fête de venir vous rejoindre ce soir, vous savez combien de peines je me suis données, combien j'ai travaillé à ma cabane pour nos fiançailles. Je mettais tout mon cœur à chaque fois que j'enfonçais la bêche dans la terre. Eh ! bien, lorsque j'ai vu monseigneur, quoiqu'il soit très-bon, et tout différent de Moylan, enfin, un vrai gentilhomme, ceci est sûr, il m'a dit que je ne pourrais pas rester dans ma cabane. Il m'a fait de telles offres, de l'argent et un emploi pour aller sur mer ; ou de l'argent seulement si je voulais aller ailleurs. Que je fasse comme je voudrai, il paraît que l'agent doit me faire quitter Péterswille.

— C'est une honte ! s'écria Una, c'est une honte pour tous ! Vous qui êtes le meilleur travailleur de la ville ! C'est une honte, et ils le regretteront lorsqu'il sera trop tard ! Mais, oh ! je ne dois pas parler ainsi, Notre Sauveur fut traité de même, et toutes ses paroles étaient des paroles de pardon !

Randal la conduisit jusqu'au bord de la route où se trouvait un ban de mousse et de gazon. et tous deux s'assirent.

— C'est parce que je me sentais si mal disposé que j'avais besoin d'aller du côté de l'école, dit Randal ; lorsque j'entends la vieille horloge et le gazouillement de vos petites écolières, lorsque je vois tout autour de vous si calme et si pur, et l'image de Notre-Dame, et vous, mon cœur, ma mignonne, comme la mère, ou plutôt comme l'ange gardien des enfants, les orages que les hommes amassent dans mon âme, et la haine, et la colère, et les mauvaises intentions, et les mauvaises paroles, tout est oublié. Je me trouve au temps où nous allions cueillir des fruits sauvages, près de Lough-Carra, et où je faisais des couronnes pour ma petite compagne aux cheveux d'or. Ah ! il y a des âmes qui doivent être heureuses, Una. Aujourd'hui, j'étais presque désespéré...

Il s'arrêta court, une émotion violente l'empêchait de continuer, et Una sentit son cœur se serrer.

— Je pensais, reprit-il, qu'il vaudrait peut-être mieux accepter l'offre de monseigneur, partir pour l'Australie, et nous y établir.

— Pour l'Australie ! s'écria Una, pour l'Australie ! aussi loin de grand-père, et de grand'mère, et de la chère Irlande ! Oh ! c'est cruel ! trop, par trop cruel !

— Ne parlez pas ainsi, Una, je ne puis le supporter, s'écria Randal, sur qui ces paroles et ces regards d'angoisse tombaient comme du plomb fondu. Nous ne sommes pas obligés de partir, mignonne, personne ne peut nous y forcer. Le Père Murphy nous dira ce que nous devons faire.

— Oui, reprit Una en poussant un soupir de soulagement, comme si enfin ils avaient trouvé une ancre de salut dans l'orage univer-

sel, oui, vous avez raison, le Père Murphy nous le dira. Nous irons
à lui et il nous indiquera le chemin que nous devons suivre. Pourquoi maintenant perdrions-nous l'espérance ?

— Eh ! bien, *acushla*, résuma Randal après une courte pause,
pendant laquelle Una éleva son âme à Dieu dans une fervente
prière, eh ! bien, je vous ai presque tout dit. Après que monseigneur, comme je vous l'ai raconté, m'eût parlé de l'Australie, je
dis que j'y penserais, et que j'en causerais avec vous, ce qui ne
parut pas beaucoup lui plaire, car il voulait avoir ma parole pour
satisfaire sa sœur et Moylan ; elle paraît lui imposer et s'entendre
avec l'agent. Pauvre vieux seigneur, je crois qu'il est souvent lui-
même comme dans une chaudière d'eau bouillante, entre le pasteur
et eux deux.

— C'est encore plus honteux pour lui, alors ! s'écria Una. Et
ainsi, pour leur plaire, nous devons être foulés aux pieds ! Mais
non, non, ce n'est pas pour eux, Dieu et au-dessus de tous, que son
saint Nom soit béni !

— Amen, alors, répliqua chaleureusement Randal. Enfin, comme
j'étais torturé et irrité en pensant aujourd'hui à ce que je devais
faire et en me demandant s'il fallait ou non vous dire tout cela, ou
essayer de partir seul, car je deviendrai fou si cela dure, je des-
cendis la montagne pour me débarrasser de moi-même et des autres ; mais ces deux coquins, le nouveau tueur de loutres, comme
il dit, et Brooker, descendaient ensemble d'un air querelleur. Ils
m'appelèrent rudement, et le tueur de loutres commença à parler
de saumons et de loutres perdus et tués. Et lorsque j'arrivai ici,

après leur avoir répondu seulement quelques mots, ils y vinrent aussi et recommencèrent la même chanson. Et Brooker me railla amèrement sur votre nouvel amoureux, qui était toujours vous guettant et vous suivant.

— Un amoureux ! Mon amoureux ! me guettant et me suivant !

— Attendez un instant, *avich achree*. Dans l'église, dit-il, et dans l'école, et partout. Et alors, ô enfant de mon cœur, pourrez-vous jamais comprendre ce qui se passa en moi lorsque je vous vis descendre la colline avec lui en riant et en causant !

— Randal, dit Una avec une grave énergie et en réprimant son émotion, j'ai honte de vous ; je suis honteuse et humiliée, et sûrement vous-même vous devriez être honteux et humilié. Croire les paroles de Brooker contre moi, me juger si vite et d'une façon si injuste ; vous ai-je jamais donné une raison d'agir ainsi ? Ai-je jamais pensé à un autre qu'à vous ? Vous deviez le savoir ! Lui, un étranger, venu dans la paroisse pour visiter les écoles ! Ne sachant pas l'heure de la classe, il entra, et comme nous devions venir tous deux au village, il me demanda de m'accompagner ; il parla des écoles de Dublin et je lui parlai des nôtres. Y avait-il aucun mal en ceci ? Vous n'êtes pas vous-même, en ce moment, autrement vous ne m'auriez pas jugé ainsi ; vous ne *deviez* pas le faire.

Ces paroles si franches, si naturelles, partaient d'un cœur profondément blessé, elles étaient dites aussi sous l'empire d'une surprise extrême. Mais il est certains moments où la vérité ne doit pas être dite, car elle ne peut être supportée, au moins immédiatement. S'ajoutant aux pénibles épreuves récemment supportées, ces quelques gouttes firent déborder la coupe. Quelque chose serra Randal à la gorge et l'oppressa douloureusement, sa tête vacilla, ses yeux sortirent de leurs orbites. Il vit comme dans un songe terrible le visage altéré d'Una. Poussant un cri de désespoir, il s'élança de l'autre côté de la route, franchit d'un bond le mur et disparut dans les ténèbres.

XVII

Les jours s'écoulaient, l'hiver approchait, et l'on n'entendait pas parler de Randal. Una pleurait amèrement, elle s'accablait elle-même de reproches et cherchait des conseils et des consolations auprès du Père Murphy. Le bon vieux prêtre avait été très-affligé, mais non surpris ; il connaissait mieux qu'Una la violence du caractère de Randal et les passions par lesquelles il se laissait souvent entraîner. Il soutenait de son mieux la pauvre enfant ; il l'envoyait chercher chaque jour pour parer l'autel et pour soigner Shamus qui était encore très-malade ; enfin, il l'occupait sous ses yeux le plus possible. Il mettait Peggy et le sacristain en garde contre l'étrange « gentleman » et avait détaché Moran, le vieux chien de garde. Ayant ainsi fortifié son petit castel, il prit son bâton et se dirigea un beau jour vers l'abbaye de Duncarra, pour s'entendre avec le Père Lawrence, suivant l'usage du pays. Il avait, comme nous l'avons déjà dit, certaines idées du bon vieux temps : l'une de ces idées était un grand respect pour les ordres cloîtrés, et une ferme croyance que, les moines ayant tout sacrifié pour se consacrer à Dieu et s'entretenir plus souvent avec Lui, il leur accordait, en retour, la connaissance de quelques secrets. Ils Le connaissaient mieux, pensait-il, que les autres hommes, et ils étaient par leurs prières et leur intercession des soutiens puissants pour leurs frères dans la peine. La conséquence de ceci fut, qu'après un long entretien avec le moine, dont le doux et pâle visage paraissait plus pâle et plus transparent que jamais, le Père Murphy revint à la maison consolé et fortifié, et le Père Lawrence appela six autres moines pour se joindre à lui et faire une neuvaine et une pénitence, afin d'obtenir le retour de Randal, sain et sauf, ou du moins d'avoir de lui des nouvelles certaines.

L'âme d'Una croyait avec la simplicité et la sincérité d'un enfant ; la jeune fille sentit l'espérance rentrer dans son cœur, à la pensée de cette neuvaine, à laquelle elle se joignit ainsi que son grand-père et sa grand'mère et le petit Martin.

Bien d'autres choses encore contribuaient à rendre les temps difficiles ; la récolte de pommes de terre était presque entièrement détruite, et le temps était plus rigoureux qu'il ne l'avait été depuis bien des années. Les pauvres gens souffraient les tortures de la faim en même temps que celles du froid. Mais la chaleur et l'abondance régnaient aussi dans les maisons des protestants ; et, hélas ! la chaleur et l'abondance régnaient aussi dans les demeures de ceux qui se « conformaient » aux désirs exprimés par miss Powderhouse et le pasteur Hall, et qui envoyaient docilement leurs enfants à l'école du seigneur. Du blé, de la viande, du charbon, des vêtements, leur étaient donnés et conservaient à leurs corps la force et la vie en apportant la mort à leur âme. Pourtant ces dons ne les rendaient pas heureux, car ils étaient trop éclairés pour ne pas comprendre ce qu'ils faisaient, et ils évitaient les regards des villageois restés fidèles à leur Dieu. Ceux-ci formaient la plus grande partie des habitants ; d'un cœur ferme ils quêtaient à la ronde leur morceau de pain sec et s'abritaient dans leurs cabanes sans feu, se fiant à Celui qui peut tout et regardant avec joie le but vers lequel ils marchaient. Ils souffraient, ils s'affligeaient et ils enduraient la faim sans se plaindre ; et sans se plaindre ils regardaient leurs enfants, élevaient leurs cœurs à Dieu et mouraient.

Mais pas tous cependant ; et pour certains la couronne du martyre était encore plus difficile à mériter. Miss Powderhouse subissait l'influence de Moylan, qui la tenait, à dessein, dans l'ignorance de bien des détails navrants. Un bon nombre de maisons lui appartenaient, ainsi qu'une assez grande étendue de terre; on commença donc à agir sur ses malheureux tenanciers.

Par une froide et triste matinée du milieu de décembre on vit une troupe d'hommes de police à cheval montant la grande rue de

Péterswille. Quoique enveloppés d'épais manteaux et bien gantés, ces hommes pouvaient à peine tenir la bride de leurs chevaux, et leurs visages bleus disaient clairement qu'un bon feu leur aurait été fort agréable.

Le sergent, grommelant quelques paroles de désapprobation, conduisit sa troupe devant une maison que nous pouvons reconnaître ; il somma le vieux Michaël Macnamara de quitter sa demeure et de lui en donner la clef. Le vieillard, dont la noble tête couverte de cheveux blancs et la physionomie énergique excitèrent l'admiration et la sympathie de la force armée, avait été désigné comme la première victime, parce que Una avait refusé de céder au sujet des Rooneys et avait continué de les compter au nombre de ses écoliers. Elle avait même soutenu quelques familles pauvres en leur donnant de la nourriture, pour qu'elles pussent continuer à envoyer leurs enfants à l'école.

Le vieillard ouvrit la porte au sergent.

— Quel est mon crime, Monsieur?

— Il n'y a pas de crime, M. Macnamara, répliqua le sergent avec un respect involontaire, mais n'avez-vous pas reçu un avis de l'homme d'affaires de M. Moylan.

— Oui, monsieur, mais j'ai toujours eu l'assurance de lord Powderhouse (le dernier lord), que je vivrais et que je mourrais sous ce toit.

— J'en suis désolé, monsieur, répliqua le sergent ; mais peut-être avez-vous un écrit que je pourrais donner à l'agent pour le satisfaire ; je vous assure que j'en serais enchanté.

— Non, monsieur, je n'en ai pas; il y a des témoins des paroles de monseigneur, mais l'agent ne voudra pas les écouter. Il prétend qu'il y a maintenant un nouvel état de choses, et que tout ce qui est doit finir. Je ne puis rien, monsieur, il n'y a pas de remède à ceci, mais si j'abandonne ce toit, ce ne peut être que par force. Ma femme est aussi vieille que moi, mes petits-enfants vivent avec nous. Où irons-nous un jour comme celui-ci? Et nous n'avons même pas encore dîné.

Il montra le poëlon dont le contenu bouillait doucement sur le feu.

— Je suis affligé autant qu'il est possible de l'admettre, plus que les mots ne peuvent l'exprimer, dit le sergent; et l'expression de son visage prouvait que ses paroles étaient vraies. Je vous assure que j'aurais mieux aimé traverser la mer que de venir ici aujourd'hui. Mais nous devons obéir aux ordres qu'on nous donne, M. Macnamara. On m'a dit de chasser tous les tenanciers qui ont reçu l'avis et qui ont refusé d'abandonner leurs maisons. Pardonnez-moi, M. Macnamara, voyez mes ordres.

— Monsieur, répliqua le vieillard tranquillement assis près du foyer, cette maison m'a été donnée par un digne seigneur qui, maintenant, est mort; je ne l'abandonnerai que contraint par une force à laquelle je ne puis résister.

Le sergent jeta un regard autour de lui comme pour chercher le courage d'accomplir sa mission; il contempla le patriarche si calme et si noble, Nora tenant le fil suspendu sur le rouet et levant vers le Ciel ses yeux privés de la lumière, comme pour lui demander la résignation et lui rendre grâces du courage de son mari; et le petit Martin, avec ses grands yeux noirs et ses joues enflammées, tirant sa grand'mère par la manche et la priant de lui permettre de prendre le fusil de grand-père et de tirer sur tous les hommes de police et sur les chevaux. Una était à l'école

Le sergent contempla l'ordre et la propreté de la pauvre cabane, le petit autel et les saintes images accrochées sur la muraille; puis, passant la main sur ses yeux, il sortit.

— Il n'y a pas moyen de les secourir, dit-il à ses hommes; il faut démolir le toit.

Ceux qui avaient été choisis pour cet objet, et munis d'instruments convenables, commencèrent l'opération. Ils enlevèrent le chaume, les lattes, les poutres, les jetèrent sur la terre et détachèrent une des fenêtres. Un cri d'exécration s'éleva dans la foule assemblée, et plusieurs mains ramassèrent des pierres.

La porte de la cabane s'ouvrit, et l'on entendit la voix de Macnamara.

— Mes enfants, mes chers amis, pas de violence; Dieu seul est mon juge, il peut faire de moi ce qu'il veut. Venez, ma chère femme; nous avons été heureux ensemble pendant bien des années, nous marcherons encore ensemble pendant les jours de tristesse et de larmes. Que notre Dieu soit béni, car nous nous éloignons avec les mains pures, et fidèles à la foi de nos pères.

Il ôta du feu le vase renfermant de la viande et des pommes de terre, et en jeta le contenu dans la rue; se chargea des vêtements dont sa femme avait fait un paquet; détacha le crucifix et la petite image de Notre-Dame, qu'il plaça soigneusement dans les bras de Martin. Puis, jetant sur les murs qui l'avaient abrité pendant quarante ans, un dernier regard mêlé de douleur et de résolution, Michaël donna le bras à Nora, et ils sortirent dans la rue. La neige tombait sur eux et le vent les glaçait, tandis que, sans abri et désolés, ils s'arrêtèrent pour décider où ils iraient ; mais toutes les mains se tendirent vers eux pour les emmener, et il n'y avait pas dans toute la rue un seul homme qui n'eût été heureux de prendre la place du vieux Michaël Macnamara.

Il les remercia tous affectueusement, mais il dit qu'il préférait aller d'abord au presbytère pour consulter le Père Murphy ; il emmena lentement sa femme et son petit-fils à travers la foule, et tous trois disparurent bientôt.

La clef fut remise entre les mains du sergent, et la police alla plus loin. Le sergent et sa troupe s'arrêtèrent de nouveau devant la demeure de la veuve Porter, dont la réception à miss Powderhouse, le jour de son « expédition » ne peut être oubliée.

La veuve et ses sept enfants étaient encore réunis autour de la table, mangeant le lard qu'Una avait donné à l'aînée des filles en lui montrant la manière de l'apprêter pour en faire une nourriture meilleure que le lard bouilli ne l'est par lui-même. Près de la mère était couché le huitième enfant, le plus jeune des garçons et le favori de la famille, couvert avec la seule enveloppe qui n'eût point été vendue pour acheter du pain. Les pauvres habitants de la paroisse, mal nourris et sans vêtements suffisants pour les défendre contre un froid rigoureux, étaient maintenant décimés par une fièvre lente — compagne ordinaire de la famine.

Le beau visage si triste de la veuve toucha le sergent jusqu'au cœur ; il la regarda, il regarda la table et la cabane, et décida que, quoi qu'il pût lui en coûter, c'était le dernier jour où il acceptait une semblable besogne.

— Mistress Porter, — je vous demande pardon, — je ne puis supporter ceci. — N'avez-vous pas reçu de l'agent un avis par lequel il menaçait de vous renvoyer ?

— Je l'ai reçu, monsieur, il y a quelque temps.

— Alors, ma chère bonne femme, — pardonnez-moi, — mais, au nom de Dieu, pourquoi n'avez-vous pas eu la bonté de vous soumettre, plutôt que de me forcer à ce commerce de chien ? Non, pas même cela, car un chien dédaignerait de se conduire comme certains hommes ! Savez-vous, madame, qu'il faut partir, de gré ou de force?

— Monsieur, dit la veuve en tournant vers lui ses beaux yeux désolés; Dieu est bon, quoique l'homme ne le soit pas ; et j'ai depuis longtemps mis ma confiance en lui seul. Comment serais-je partie, monsieur, avec sept enfants qui auraient péri dans les montagnes, quand bien même l'un d'eux n'aurait pas été frappé par la maladie! Sa voix s'altéra. — Mais maintenant, avec lui, où puis-je aller? Les loups mêmes et les tigres ont quelque pitié!

Le sergent s'appuya contre le mur et resta silencieux pendant quelques minutes, s'efforçant, mais en vain, de raffermir sa voix. Enfin il dit :

— Mistress Porter, si je quitte cette maison sans obéir aux ordres que j'ai reçus, je serai immédiatement destitué. J'ai des enfants aussi, et ils n'ont pas de mère pour prendre soin d'eux.

— Vous avez raison, monsieur, ce n'est pas vous qui êtes à blâmer, répliqua la mère avec cette dignité calme qui lui était particulière. Dieu trouvera un abri pour nous, je ne veux pas vous embarrasser plus longtemps ni vous mettre dans la peine. Leena, mignonne, faites un paquet des habits ; nous n'avons que peu de chose à emporter.

Le sergent sortit aussitôt et leur laissa tout le temps qu'ils voulurent.

Ils n'en demandèrent pas beaucoup, et bientôt la porte s'ouvrit pour donner passage au triste cortége ; les jeunes enfants étaient chargés de quelques misérables vêtements ou conduisaient les plus petits par la main en s'efforçant de calmer leurs cris. Derrière eux venait la veuve avec Leena, l'aînée des filles ; elles portaient l'enfant malade ; la mère tenait d'une main un petit cheval de bois sans tête, avec autant de soin que si c'eût été un objet précieux.

Ils descendirent la rue, se dirigeant vers la cabane de leurs voisins qui leur avaient offert une retraite pour une nuit, afin de leur donner le temps de chercher un abri ; les flocons de neige tombaient sur le petit malade, et, depuis le sergent jusqu'au dernier des enfants, personne, excepté mistress Porter elle-même, ne pouvait retenir ses pleurs.

La police, avec une répugnance et une irritation non déguisées, continua sa besogne. Le sergent et ses hommes allaient de maison en maison, suivant leurs ordres. Dans plusieurs ils rencontrèrent une résistance désespérée, des malédictions et même des coups. Au bout de quelques heures, le bruit cessa ; les maisons, sans toit et sans fenêtre, furent envahies par la neige, et soixante personnes, hommes et femmes, errèrent sans abri, au mois de décembre. Et tout ceci eut lieu par la volonté de l'honorable Eudora Powderhouse et de Malachi Moylan.

XVIII

Cependant le Père Murphy, le curé de la paroisse, disait chaque jour sa messe à la même intention, et le Père Lawrence, à l'abbaye de Duncarra, priait dans sa cellule ; car on n'avait pas encore entendu parler de Randal. Una, le cœur brisé, accomplissait ses devoirs habituels, et paraissait l'ombre de ce qu'elle était jadis ; se reprochant continuellement l'indignation qu'elle avait témoignée à Randal et les paroles qu'elle lui avait adressées.

Et les messes, et les pénitences, et les prières s'élevaient continuellement vers le Ciel comme un nuage d'encens parfumé ; mais la réponse se faisait attendre, car ces âmes étaient agréables à Dieu et devaient subir sept fois l'épreuve du feu.

Un matin, pendant la messe, il vint à l'esprit du Père Lawrence d'offrir sa vie pour Molina; et il le fit avec toute la ferveur dont il était capable, demandant aussi que la situation misérable de Pétersville s'améliorât, et que ce troupeau généreux, mais dispersé et persécuté, pût enfin goûter quelque paix.

Quelque chose l'avertit au moment de sa communion que son sacrifice était accepté; et de ce moment il remit avec joie toutes choses entre les mains de Dieu.

Pendant tout ce temps, en quelqu'endroit que se rendît Una, dans le village ou hors du village, ou (comme elle le faisait quel-quefois) à l'abbaye, elle était certaine de rencontrer Lefroy. Quel-quefois il se bornait à la saluer respectueusement; d'autres fois, il demandait avec intérêt des nouvelles de son grand-père, à qui il rendait de temps en temps une petite visite; en d'autres moments, c'étaient quelques petits services rendus, ou quelques offres de services faites avec le plus profond respect. Cependant il ne se montrait jamais hardi, et ses attentions ne pouvaient jamais offen-ser ni même être positivement remarquées. D'ailleurs, la jeune fille était si préoccupée de la pensée de Randal que tout ce qui ne se rapportait pas à lui passait pour elle inaperçu.

Un soir, Una était assise dans la classe, corrigeant les cahiers de la première division. La porte de sa petite chambre à coucher était ouverte et permettait d'apercevoir la vieille Nora filant au rouet comme d'ordinaire, tandis que Michaël lui faisait à voix haute lecture dans un livre du Nouveau-Testament que le Père Fitz-Simon lui avait laissé en partant. Il lisait quelques mots, puis il s'arrêtait, comme il le faisait toujours. Una écoutait, rêveuse, et les paroles arrivaient à son oreille comme si elles eussent été prononcées à une grande distance d'elle.

Dès l'aube elle s'était réveillée, écoutant comme elle le faisait les jours de poste, si elle n'entendait pas le facteur crier : « Une lettre pour miss Macnamara.

Pendant toutes ses occupations, toutes ses leçons de la journée, une voix avait résonné à ses oreilles, un fantôme s'était dressé devant elle. Le cri de désespoir et d'agonie poussé par Randal, la dernière fois qu'elle l'avait vu, semblait être répété comme par un écho ; elle croyait voir encore le regard sauvage qu'il lui avait jeté, et elle pouvait à peine se maîtriser pour parler comme elle devait le faire à ses écolières. Pourquoi avait-elle ainsi augmenté son désespoir ? Pourquoi n'avait-elle pas mieux lu dans son esprit et allégé le poids de ses souffrances ? Pourquoi avait-elle irrité sa profonde blessure ? Oh, si elle pouvait le voir une fois encore ; si elle pouvait une fois se jeter sur la terre à ses pieds et le prier de lui pardonner et d'oublier son orgueil ! Quelle conduite avait tenue la Sainte-Vierge Marie lorsque saint Joseph l'avait soupçonnée ? Avait-elle levé la tête pour murmurer, et lui parler avec hauteur ? Oh ! aveugle, aveugle ; folle et aveugle de n'avoir pas plutôt pensé à ceci ! Et pour la dix millième fois Una s'humiliait devant Dieu, confessant que toutes les peines qu'Il lui avait envoyées étaient justes et méritées, et qu'elle aurait dû souffrir plus encore ; puis elle priait le Seigneur de se charger Lui-même de veiller au bonheur de Randal, car elle s'en reconnaissait indigne.

Les paroles qui se disaient dans la petite chambre lui parurent alors se rapprocher d'elle et devenir plus distinctes, car la voix du vieux Michaël, épargnée par quatre-vingts années, était forte et sonore, et si elle ne l'avait pas mieux entendue jusqu'alors, c'est qu'elle était trop absorbée par ses propres pensées. Après avoir lu l'Evangile du dernier dimanche, il avait choisi quelques passages que le Père Fitz-Simon avait marqués pour lui, et voici ce qu'Una entendit :

« Et là je ne vis pas de temple. Car le Seigneur Dieu Tout-Puissant en est le temple et l'Agneau.

» Et la cité n'a pas besoin des rayons du soleil ou de ceux de la lune. Car la gloire de Dieu l'a illuminée et l'Agneau en est la lumière. »

Il y eut une pause, et la vieille Nora fit à voix basse quelques commentaires qui ne purent être entendues d'Una. Ses pensées calmées suivirent la glorieuse vision et restèrent dans cette cité bâtie et créée par Dieu Lui-même. Elle s'arrêta à ces derniers mots :

« Le trône de Dieu et de l'Agneau sera là, et ses serviteurs Le serviront.

» Et ils verront sa Face, et son Nom sera sur leurs fronts.

» Et il n'y aura plus de nuit ; et ils n'auront pas besoin de la lumière de la lampe ni de la lumière du soleil, parce que le Seigneur Dieu les éclairera, et ils règneront pour jamais. »

Pourquoi ai-je perdu tout bonheur en ce monde? J'ai été indigne, je n'ai songé qu'à la terre, mon cœur tout entier a été donné à une créature. Peut-être, ô mon Dieu, est-ce pour cette raison que tu me l'as repris!

Ce fut, ce soir-là, la dernière pensée d'Una. Une grande paix semblait être descendu dans son cœur accablé de lassitude, et elle s'endormit. Elle rêva qu'elle marchait dans la Cité éternelle et qu'elle y rencontrait Randal, le visage rayonnant d'une joie céleste. Mais il agita sa main et lui dit : «-Pas encore, d'ici à quelque temps nous ne pouvons être ensemble. » Et tandis qu'elle essayait de le retenir par la main pour l'entendre plus longtemps, Una poussa un cri et s'éveilla. Randal était-il donc mort et dans le ciel? Elle ne pouvait le croire. Non, ce n'était qu'un songe, mais malgré son incertitude, Una se sentit plus heureuse et se soumit plus facilement.

Comme on a déjà pu le supposer, Michaël et Nora Macnamara ainsi que le petit Martin demeuraient maintenant dans la maison d'école. Le Père Murphy leur avait arrangé un abri à l'aide d'une ou deux cloisons de bois, et leur avait prêté des lits ; de sorte que les Macnamara n'avaient pas été chassés du village, et que Martin n'était pas devenu la proie d'Exeter Hall.

Mais bien d'autres pauvres victimes d'un zèle mal entendu, ou martyrs de leur foi, n'avaient pas eu un sort aussi doux. Tous n'avaient pas une petite fille remplissant une fonction qui lui permît de les aider ; et les cabanes des bons voisins n'étaient pas aussi larges que leurs cœurs. Beaucoup d'entre eux avaient dû chercher

un nouvel établissement, et cela au plus fort de l'hiver, au mo·
ment où la nourriture était le plus cher. L'enfant de la veuve Porter était mort après avoir été porté de cabane en cabane ; deux de
ses jeunes sœurs, affaiblies déjà par une nourriture insuffisante
l'avaient suivi et reposaient sous la neige glacée. La veuve et les
cinq enfants qui lui restaient allèrent dans un faubourg de Duncarra où ils louèrent une malheureuse chambre pour le reste de
l'hiver, s'occupant comme ils le pouvaient à corder du lin.

Ainsi Exeter Hall n'eut pas un seul des huit écoliers qu'il avait
désirés.

Mais tous les parents n'avaient pas le courage de tenir sur leurs
genoux leurs enfants affamés, et de voir la vie se retirer peu à peu
de leurs corps. Tous n'avaient pas la force de supporter les cris
déchirants des pauvres créatures demandant le pain qu'ils ne
pouvaient leur donner. Il y en avait qui disaient : « Pauvres enfants, un morceau à manger ne leur ferait pas de mal au moment
du plus grand froid ; ils fermeront leurs oreilles au catéchisme et
laisseront les autres y répondre, et l'on arrivera ainsi à de meilleurs jours. Le Seigneur leur pardonnera en considération du froid
et de leur dénuement. » Ainsi de côté et d'autre les enfants catholiques déguenillés et pieds nus allaient à l'école du pasteur, où ils
recevaient des souliers, des vêtements, de la soupe en abondance,
et où ils étaient réchauffés. C'est ainsi qu'Exeter Hall prélevait sa
dîme sur les âmes.

Mais tandis que les loups rôdaient et donnaient la pâture, le bon
pasteur veillait sur le pauvre troupeau, et lorsqu'il vit ce qui se

faisait, le Père Murphy pria et pensa ; puis un lundi matin après
la messe, il envoya des messagers de maison en maison, recommandant à chacun d'être présent, le dimanche suivant, à la bénédiction et au rosaire, car il avait à leur parler à tous.

Le samedi suivant, une ombre bien connue passa devant la fenêtre de l'école, et l'on prévint Una de l'arrivée du Père Murphy.
Son pâle visage s'illumina d'un rayon de joie, et elle quitta la classe
pour venir au-devant de lui jusqu'à la porte. Il lui donna, comme
d'ordinaire, sa bénédiction, et dit :

— Pas de nouvelles, mon enfant ? Eh ! bien, nous aurons de la
patience, et nous attendrons tant qu'il plaira à Dieu. Qu'il soit béni ;
il sait ce qu'il faut pour notre bien.

J'ai de l'ouvrage à vous donner, mon enfant, continua-t-il après
l'*Amen* prononcé du fond du cœur qui est habituellement la réponse
irlandaise à la louange du nom de Dieu. Vous conduirez les petites
filles à la sacristie après que je vous aurai expliqué ce que vous
devez faire.

— Ce sera un grand plaisir ! répondit Una avec son triste sourire :
dois-je le leur annoncer maintenant ?

— Non ; attendez que je vous aie tout dit et que je sois parti,
dit le vieux prêtre en souriant. J'aurai dimanche soir une bénédiction solennelle ; je parlerai à tous les paroissiens de ce qui se
passe maintenant à propos de l'école, et je leur ferai promettre à
tous de mourir plutôt que de vendre les âmes de leurs enfants.
Vous ne direz pas un mot de ceci jusqu'au dernier moment, enten-
dez-vous ?

- Oui, Père, je comprends.

— Ainsi, j'ai besoin que mon église soit belle, continua le vieillard, heureux d'intéresser la pauvre Una à quelque chose ; et qu'elle soit ornée de fleurs, de verdure et de guirlandes. Vous trouverez tous les matériaux en abondance dans la sacristie, et vous pouvez vous mettre à l'ouvrage quand il vous plaira. Priez, tandis que vous travaillerez, ma chère fille, afin que mes pauvres paroles puissent être bénies de Dieu et qu'il fortifie les cœurs de mes enfants.

Il s'arrêta un instant, puis ajouta d'une voix douce comme celle d'une mère parlant à son enfant :

Et quant à vous, ma chère fille, offrez vos peines à Notre-Seigneur, et priez-le qu'il dispose comme il voudra de vous et de ceux que vous aimez.

Una semblait à peine respirer. Elle pensait à son rêve et se disait qu'elle devait renoncer à son amour et à toutes choses pour suivre la volonté de Dieu. Et voilà qu'on lui présentait encore la même pensée : — sacrifice, sacrifice ! Oui, elle était prête. Elle leva les yeux sur le prêtre et fut profondément touchée en voyant ses yeux remplis de larmes. Depuis combien de temps elle le connaissait ! Combien elle aimait ce visage doux et vénérable, pour elle beau de bienveillance et de charité ! Mais tout ce qu'elle put dire fut :

— Je vous remercie, Père, je le ferai.

Alors il donna aux enfants sa bénédiction, et quitta l'école.

— Enfants, dit la douce voix de la maîtresse, que pensez-vous que nous allons faire ?

— Oh ! madame, oh ! maîtresse, dites-le-nous, s'il vous plaît !

— Nous allons dans la sacristie aider à décorer l'église pour le Père Murphy ; vous ferez des guirlandes avec des rameaux et de la ficelle et vous les suspendrez dans le sanctuaire et autour des fenêtres.

Les enfants se regardèrent avec joie et comme d'un accord frappèrent leurs mains et agitèrent leurs pieds avec ¡bruit.

Una sourit, mais un mouvement de sa main rétablit le silence.

— Rappelez-vous qu'à ceci il y a deux conditions; la première est que vous ne devez pas rire ou parler trop haut quand Notre Seigneur sera aussi près de nous; la seconde, que vous direz le chapelet pour l'intention du Père Murphy. Y consentez-vous?

Toutes les mains se levèrent; puis on s'agenouilla pour dire l'*Angelus*, et, les bonnets, les manteaux ayant été repris, la classe resta complétement vide, habitée seulement par les rayons du soleil qui dansaient sur le plancher.

XIX

Sur le chemin de l'église on rencontra Lefroy, qui ôta son chapeau en souriant aux petites filles dont il avait su se faire bien venir; puis arrêtant respectueusement Una il dit :

— Miss Macnamara, j'aurais voulu vous dire un mot, quand cela vous sera possible.

Una le regarda avec surprise. .

— Mon temps est habituellement employé, M. Lerfoy ; ne pouvez-vous me dire maintenant ce que vous voulez ?

Votre temps est trop employé, répondit Lefroy plus chaudement qu'il ne l'aurait voulu, vous ne consultez pas vos forces.

— Excusez-moi, dit froidement Una en s'efforçant de passer outre ; je dois suivre les enfants à la sacristie.

— Eh ! bien, alors, je vous le dirai sans ménagement, s'écria Lefroy avec colère ; je pensais que vous auriez compris que je désirais vous éviter une peine ; mais c'est vous qui le voulez.

Une idée subite traversa l'esprit d'Una.

— Avez-vous quelque mauvaise nouvelle à m'annoncer, M. Lefroy ?

— Je ne l'appelle pas ainsi, répliqua-t-il ; mais il en sera, je le crains, autrement de vous. Pensez-y, je voudrais vous le dire plus doucement.

— Non, non, dites-moi maintenant, dites-moi tout de suite ; supplia Una serrant convulsivement ses mains sur son cœur

Lefroy hésita un moment, ou sembla hésiter ; puis montrant une lettre, il dit :

— Je crois que le jeune Molina s'est enrôlé.

Una s'efforça vainement de réprimer un violent tressaillement.

— Qui vous le fait penser ? dit-elle d'une voix étrange.

— J'ai reçu cette lettre, dit-il ; vous pouvez la lire. Elle est d'un de nos amis, officier à Cork. Lisez-la et gardez-la aussi longtemps que vous le voudrez. Je suis désolé de vous causer ce chagrin.

Mais déjà Una était partie et la lettre aussi. Elle semblait marcher dans les airs tant elle allait légèrement et sans bruit.

Et en parcourant la grande rue du village elle serrait la lettre comme si elle eût dû décider de son sort, et murmurait à demi voix : « O Très-Dame Marie ! Mère de douleurs ! parle pour nous à ton Fils ; dis une parole pour moi et pour *lui ;* prie pour nous, toi qui n'oublie jamais tes enfants, et envoie-moi quelque consolation ! »

Una mit tous les enfants à l'ouvrage. Il y avait là de la verdure et des fleurs pour faire des guirlandes. Les enfants devaient d'abord réciter le Rosaire en travaillant, et ensuite on leur permettait de parler. Telles petites filles s'occuperaient de décorer le sanctuaire, et telles autres de faire les guirlandes pour les fenêtres et les piliers.

Lorsque tout fut ainsi arrangé, Una se rendit dans l'église, et, après une minute de prière fervente, elle ouvrit la lettre et la lut. Il n'y avait pas à s'y tromper, cette lettre était datée de Cork, et après avoir donné quelques détails sur les préparatifs pour le transport des troupes en Chine, on en venait au sujet mentionné par Lefroy. Voici ce que disait la lettre : « Et maintenant, mon vieux camarade, pour répondre à votre lettre, je vous dirai que vos chroniques de Pétersville m'intéressent beaucoup. Je suis moi-même à moitié amoureux de la jolie maîtresse d'école. Et, savez-vous ? je crois que l'amoureux disparu est arrivé dans ce port, et comme d'autres mécontents s'est réfugié sous l'habit rouge. Hier soir un jeune et robuste garçon de six pieds de haut a été amené par un sergent qui l'a décidé à s'enrôler. Il est vraiment beau et c'est un garçon des mieux bâtis que j'aie jamais vu. Il s'appelle Mullins, ou Molina, ou quelque chose d'analogue. Est-ce cela ? Il était pâle et abattu par la faim et la misère, mais rien n'a pu le décider à dire d'où il venait. Ainsi se termine votre roman, etc. »

Elle plia la lettre et l'a mit à côté d'elle sur un banc. Les paroles semblaient brûler et déchirer son cerveau. Etait-il possible que Randal eût été assez insouciant, assez follement égoïste pour l'abandonner ainsi pour la vie sans une parole? Le nuage qui était descendu sur lui avait-il donc vraiment été l'œuvre de Satan pour bannir ainsi toute espérance, pour le jeter dans le désespoir le plus absolu? Son avenir qui avait paru un instant si radieux, sa vie d'intérieur, ses heureuses années de ménage, devait-elle y renoncer pour toujours?

— Oh! Randal, la vie de mon cœur, pouvez-vous avoir été si cruel, si cruel pour moi?

Elle courba la tête et fondit en larmes; son cœur semblait prêt à se briser, et elle prête à mourir. La secousse avait été trop forte, et cette explosion était nécessaire. Au bout de quelque temps un rayon lumineux sembla traverser les sombres nuages.

Le cœur de l'homme suffit-il à l'homme? Si l'amour et le bonheur terrestres sont détruits, y a-t-il vraiment là de quoi détruire sa paix réelle? Pèse ceci, et juge. »

En entendant cette voix intérieure, Una leva la tête et fixa ses regards sur le tabernacle; elle, ou quelque chose en elle, sembla continuer cette pensée :

« Le cœur peut être cruellement blessé, et guérir; il peut saigner, mais vivre encore, pour connaître une paix plus profonde et plus sainte. »

Elle regarda de nouveau la lueur rougeâtre de la lampe-fidèle qui, lorsque les hommes étaient oublieux ou absents, semblait veiller devant la face de Dieu. Elle se leva pour aller à sa place de prédilection entre le grand autel et la chapelle de la sainte Vierge ; là elle s'agenouilla et cacha son visage dans ses mains. Simple comme un enfant, elle était habituée à s'entretenir librement avec Dieu ; aussi lorsqu'elle le cherchait dans la prière, il répondait à son appel touchant, et elle restait pendant des heures à ses pieds, l'écoutant et lui adressant des questions comme au plus cher et au plus fidèle de ses amis. Ce jour-là, tandis qu'agenouillée elle élevait son cœur et son âme vers son trône et remettait entre ses mains elle et tous ceux qu'elle aimait, il sembla lui répondre mieux encore que d'ordinaire ; versant le vin et l'huile sur ses blessures, et, de la douce voix avec laquelle il parlait à son enfant bien-aimée, Il lui fit connaître quelques-uns des secrets de sa volonté.

———————

XX

— Eh ! bien, a-t-on cru à la lettre ?

— Comme à l'Evangile. Mais je ne recommencerais pas pour beaucoup.

Moylan regarda son interlocuteur avec son ricanement le plus expressif.

— Eh ! quoi, êtes-vous devenu si tendre ? N'allez-vous pas manquer la jeune fille, maintenant, après les autres ?

Malone grinça des dents et regarda l'agent avec une haine et un mépris non déguisés.

— M. Moylan, vous êtes un démon sans cœur !

Puis, se rappelant combien il était à la discrétion de l'agent, il empoigna ses cheveux à deux mains, maudissant sa propre folie de s'être laissé mener par un tel homme.

Moylan le regarda froidement.

— Vous vous rouillez, dit-il d'une voix à la fois basse et nette. Hem, vous avez tort, imbécile ! vous avez tort

— M. Moylan, — Monsieur, — je vous prie, — je vous en conjure, Monsieur, ne poussez pas les choses trop loin. Le regard de cette jeune fille aurait arrêté même *vous*. Son cœur est brisé, — et c'est nous qui l'avons brisé.

— Ah ! je vois, répliqua Moylan, toujours ricanant de son air railleur, mais moins ouvertement, je vous demande bien pardon, Malone, mais je ne puis réellement pas renoncer à notre but. D'ailleurs la jeune fille oubliera son amoureux. Lorsqu'elle sera bien sûre qu'il n'est plus question de Molina, vous vous déclarerez, et tout ira bien. Vous ne regretterez pas alors notre adroite lettre de Cork.

— Je ne sais pas, dit amèrement Malone en se rappelant la différence des manières d'Una avec Randal et avec lui-même. Elle aime ce garçon mieux que la vie ; et, quant à moi — eh ! bien, je l'aime *elle*, mieux que la vie, et c'est sûr et certain. Elle me rend tout différend de moi-même, et quelquefois je ne sais plus ce que je fais. — C'est la vérité ! vous pouvez rire, Monsieur, mais vous ne rirez pas toujours !

— Mon bon ami, vous êtes impétueux et je suis froid, voilà tout.

Mais nous allons nous arranger pour en finir. D'abord, où diable
est Molina ?

— Où il est maintenant, je ne puis le dire au juste ; mais il
était hier à Duncarra, et Caolin l'a épié comme il sortait des montagnes.

— Duncarra ! répéta Moylan, blanc comme un linge et sautant
sur ses pieds, et pourquoi ce fou, cet âne de Caolin ne lui a-t-il pas
donné un coup de couteau ou envoyé une balle, avant qu'il arrive
ici pour déjouer tous nos plans ?

Malone le mesura un instant des yeux.

— Vous avez dit distinctement *qu'il ne devait pas y avoir de vio-
lences,* répliqua-t-il, et j'ai été témoin de vos paroles.

Moylan essaya de fixer sur lui ses yeux perçants et de le décon-
certer par son sourire railleur, mais il recula devant lui, et tournant sur ses talons en lui envoyant intérieurement la plus hideuse
des malédictions, il regarda pendant quelques secondes à la fenêtre comme pour reprendre sa présence d'esprit. Ensuite, revenant,
il ouvrit une armoire, en tira une bouteille, une cruche, du sucre,
des verres et des cuiliers, et se mit à préparer du punch dans un
petit chaudron. Il le mit sur la table, remplit un verre pour
Malone, un autre pour lui-même, et dit :

— Malone, vous êtes un âne, et Caolin en est un autre. Qui a
jamais entendu parler d'un brave camarade épargnant son ennemi
ou préférant le bonheur de son rival au sien propre. Vous devez
avoir été par mégarde nourri de lait de brebis. Maintenant, voyez,
voulez-vous ou ne voulez vous pas emmener Una immédiatement

et la conduire à New-York, où vous voudrez? Molina, dites-vous, était à Duncarra hier ; il sera probablement à Péterswille aujourd'hui. La première chose qu'il fera séra de s'informer si Una lui est restée fidèle ; et, pour bien faire, il faudrait qu'il ne la trouvât pas. Il faudrait qu'elle fût sortie du port avec vous. Mais, si c'est *impossible* (il ira d'abord à la maison d'école), ne pouvez-vous pas être là et faire en sorte qu'il vous surprenne parlant à sa fiancée?

Les yeux de Malone étincelèrent.

— Je serai là.

Il s'arrêta un instant pour réfléchir, puis reprit :

— Molina a une sorte de signal, le cri d'un oiseau, par lequel il lui annonce sa présence. Alors elle vient lui parler à la petite porte.

— Ah ! croyez-vous que vous pourrez jouer le romantique et imiter vous-même le cri de l'oiseau ?

— Je le crois, Monsieur, il y a peu d'oiseaux ou d'animaux dont je ne puisse imiter le cri ; et, j'en ai appris plus d'un de Shamus, l'innocent.

— C'est parfait. Mais il faut avoir Caolin sous la main. Molina est un jeune géant, il faudra toute la force de Caolin pour le maintenir ou le terrasser. D'ailleurs, il peut y avoir d'autres personnes dans la maison d'école.

— Le prêtre est souvent là le soir, dit Malone.

Moylan tressaillit et le regarda avec attention ; mais Malone, absorbé par sa propre part dans le complot, n'avait parlé de cela qu'incidemment. La main de Moylan tremblait en levant son verre, qu'il vida jusqu'à la dernière goutte.

— Eh ! bien, s'écria-t-il, la première chose que vous avez à faire est de trouver Caolin et de me l'amener. Je crois que notre petit plan réussira, et alors vous serez heureux. Je crois qu'il y a maintenant, dans le port, deux vaisseaux américains, et l'un d'eux va partir. J'enverrai un messager de confiance à Wesport pour prendre trois passages. Vous pourrez aller tous ensemble à New-York, et là Caolin prendra le chemin qu'il voudra. Vous et Una, vous pouvez faire un bel établissement avec l'argent que je vous donnerai et être aussi heureux que le jour est long.

La tête de Malone était troublée, ses passions étaient surexcitées. Les combats qu'il avait récemment soutenus, les scrupules qui s'étaient élevés dans sa conscience étaient oubliés. Les visions d'un intérieur, de richesse, de bonheur, car Una l'aimerait, il n'en doutait pas, lui enlevèrent le peu de raison qui lui restait. Il étendit la main par-dessus la table et serra celle de Moylan avec une force convulsive.

— Vous avez raison, Monsieur, j'étais un fou et un lâche, je suis prêt et décidé à tout. Je vous remercie de tout mon cœur.

— Voilà qui est bien ; c'est parler comme un homme, répondit l'agent, dont le visage si froid était parfaitement pâle. Maintenant tâchez de trouver Caolin, et rappelez-vous, Malone, que tout dépend de la manière dont on *s'assurera* de Molina. Hors du pays ou sous la terre, vous me comprenez ; maintenant, allez.

Malone partit, et l'agent resta seul. Le tictac de la petite pendule, placée sur la cheminée, semblait le faire souffrir. Ceci devait-il, oui ou non, être fait ? Oui, car sans cela il ne pouvait y avoir ni paix ni sûreté. Oui, tous les doutes avaient disparu. Le prêtre doit mourir.

La pendule fit entendre son carillon argentin. Moylan sortit, comme Judas, pour vendre son maître.

XXI

Il était vrai que Molina était á Duncarra. Il avait erré pendant un certain temps, dans un état voisin de la folie, allant d'abord à Wesport pour s'enquérir des bâteaux ; puis trouvant impossible de s'engager sans le faire savoir à Una, — impossible aussi d'écrire, et plus impossible de quitter le pays sans revoir encore une fois son doux visage. Il avait erré dans plusieurs villes voisines, et en dernier lieu à Ballina, où il s'était informé de différents genres de travaux ; et comme il avait alors l'esprit plus calme, qu'il était capable d'écouter et de réfléchir, il demanda du travail dans diffé-rentes boutiques, pensant que peut-être la vie et les occupations de la ville lui conviendraient mieux que celles de la campagne. Il avait maintenant trouvé une place dans un moulin avec un bon salaire et un endroit où Una pouvait vivre si elle consentait encore à tenir la promesse faite à un homme qui s'était montré si étourdi, si emporté, et qui l'avait tant fait souffrir. Randal avait alors pleinement conscience de la folie de sa conduite lorsqu'il l'avait abandonnée, sous l'influence d'une jalousie sans cause, mais il pensait qu'après avoir agi ainsi, il serait plus sage d'avoir quelque proposition définitive à lui faire et quelque argent pour se marier et quitter Péterswille.

Sentant et raisonnant comme le font ordinairement les hommes, Randal oubliait que, tandis qu'il était là activement occupé et songeant au bonheur futur, Una était seule et souffrait toutes les agonies du doute, ne sachant pas s'il était sauf ou même vivant. C'est ainsi qu'un homme, sans le vouloir, perce un cœur fidèle, lui fait de ces blessures si profondes que le temps peut à peine les guérir, et se figure que tout peut être oublié en quelques minutes. Pourtant, dans un moment d'humeur plus paisible, il avait été trouver le Père Lawrence à l'abbaye, et lui avait fait une confession sincère de tout ce qui s'était passé pendant les deux derniers mois. Et tandis qu'avec des yeux humides et un cœur contrit il rendait ses actions de grâces après le Sacrement, une main se posa sur son épaule et il vit, penché vers lui, le visage du Père Murphy. Le premier mouvement de Randal fut de cacher sa figure dans ses mains, mais presque aussitôt se levant il suivit le bon vieux prêtre dans la sacristie.

— Maintenant, monsieur, comment dois-je vous appeler? s'é-
cria le curé en le retenant comme pour l'empêcher de s'échapper
encore. Qu'êtes-vous, la brebis perdue, ou la brebis retrouvée?

Randal tomba à genoux.

— Oh! Père Murphy, cher Père Murphy, oubliez, pardonnez
ma folie! je sais que vous êtes fâché contre moi, mais pardonnez,
pardonnez-moi!

— Et qu'êtes-vous pour Una? répliqua le prêtre. Randal, vous
avez presque causé la mort de la meilleure, et la plus chère....

Il s'arrêta, l'émotion l'empêchant d'en dire davantage.

— Oh! je sais, je ne suis pas digne d'elle, je n'ai jamais été digne même de baiser ses souliers, s'écria Randal en se tordant les
mains. J'étais fou, méchant lorsque je l'ai quittée; mais, Père, si
je ne l'avais pas fait, j'aurais pris le sang de cet homme étrange, de
ce Lefroy; je sais que je l'aurais fait. Et je me suis demandé tout
ce temps s'il est réellement ce qu'il prétend être. Je suis sûr qu'il
y a quelque complot dans tout ceci, car j'ai entendu dire, à West-
port et à Ballina, que deux convicts sont revenus d'au-delà des
mers, et qu'une forte récompense est offerte à qui les livrera. J'ai
quelques soupçons au sujet de l'un d'eux, le visage de Lefroy ne
m'est pas inconnu.

— Ah! dit le prêtre, c'est peut-être là ce que veut dire Shamus
dans son délire, quand il crie contre le loup. Le cher petit a peine
à se décider à quitter Una, surtout lorsqu'elle sort du village.

Mais, Randal, Randal mon enfant, vous auriez dû lui écrire un
mot à cette pauvre Una.

— Père, répliqua Molina, je me déteste plus que je ne puis vous le dire. J'étais aveuglé par le manque de foi, par la colère et par mes passions, et lorsque je suis revenu un peu à moi-même, j'étais alors très-malade de corps. J'avais une forte fièvre, et je fus soigné sur la montagne par une digne et charitable vieille femme qui a une petite cabane dans la partie la plus sauvage de Cahir-na-Duigan. Lorsqu'elle me laissa partir j'étais encore bien faible, en vérité, je vis que beaucoup de temps s'était déjà passé, et je me dis follement qu'il ne fallait pas retourner à Pétersville les mains vides, mais avec quelque chose pour Una et pour moi, et depuis ce moment je me mis à chercher de l'ouvrage jusqu'à ce que j'eusse trouvé une place convenable pour nous deux.

— Et alors, vous l'avez trouvée.

— Oui, Père, et mieux que je ne le méritais. J'avais déjà trouvé quelque chose, mais lorsque je vins ici, le Père Lawrence me dit que je pourrais avoir le travail du moulin sous les ordres du Père Joseph; ce qui est un avenir plus beau et meilleur que je n'aurais jamais osé l'espérer. Aussi, maintenant, il m'est impossible d'exprimer ce que je ressens : un intérieur !... et le calme !... et Una !... la paix !...

Sa voix faiblit, il fondit en larmes, et le Père Murphy se joignit à lui.

Mon enfant, dit-il dès qu'il put parler, bénissez Dieu aujourd'hui pour sa bonté infinie. Il est vraiment le bon pasteur, et il a veillé sur vous lorsque vous l'avez abandonné, lorsque vous avez oublié son amour. A l'avenir, ne doutez jamais un seul instant de sa bonté,

Restez ici et achevez vos prières tandis que j'irai dire un mot au Père Lawrence, et ensuite nous reviendrons ensemble à la maison. Moi aussi je dois remercier Dieu de tout mon cœur, car j'ai retrouvé ma brebris qui était perdue.

Après s'être agenouillé quelques instants dans l'église, le curé y laissa Randal et se dirigea vers l'abbaye. Ayant demandé à voir le Père Lawrence, il fut étonné de voir un autre moine entrer dans le parloir pour se rendre à son appel.

— Père Fitz-Simon ! je ne savais pas que vous fussiez ici. Savez-vous si je puis voir le père Lawrence?

— Vous pouvez le *voir* dans sa cellule.

— Comment? quoi? Il n'est pas si mal?

— Il est bien, très-bien, répliqua le Père avec son triste sourire, il ne peut jamais en être autrement avec Lawrence. Voulez-vous venir?

A peine capable de supporter ni même de comprendre le coup imprévu qui le frappait, la perte probable de son cher confesseur, de son meilleur ami, le curé suivit la grande et bienveillante figure qui marcha lentement devant lui à travers le cloître.

Ils atteignirent la cellule du Père Lawrence; le moine reposait sur son pauvre lit, et ne paraissait plus que l'ombre de lui-même; mais il avait un visage si doux, si calme, si dégagé de toute expression terrestre, que le chagrin même disparaissait en sa présence et se changeait en joyeuses actions de grâces, lorsqu'on avait vu ce fidèle serviteur de Dieu et qu'on s'était entretenu avec lui.

Il sourit faiblement et tendit au curé sa main amaigrie.

Le Père Murphy s'agenouilla à son côté et baisa cette main, puis il lui raconta en peu de mot l'histoire du retour de Randal. Le visage du moine devint radieux de ferveur et de reconnaissance.

— Oui, dit-il, l'agneau qui était perdu est retrouvé. Il ne se perdra plus. Il est *sauvé* : que Dieu soit à jamais béni.

Alors le Père Fitz-Simon se rappela avec surprise les paroles que son frère avait dites une fois en parlant de Randal :

« *Il peut être cruellement éprouvé, il peut supporter de terribles souffrances, il peut perdre tout le bonheur que la vie semble maintenant lui promettre, la vie peut même lui être ravie dans son printemps ; mais cette âme ne sera pas perdue.* »

Le reste devait-il aussi être accompli? S'appuyant au pied du lit, contre la muraille, et considérant alternativement le moine, la discipline suspendue au-dessus de sa tête et le crucifix, le Père Fitz-Simon comprit qu'elle avait été la prière et l'offrande, et rapprochant des paroles dites en différentes occasions, la vérité se fit jour dans son esprit. Il comprenait maintenant le sens de ces mots, proférés dernièrement dans un moment d'ardente reconnaissance : « Le sacrifice est accepté, le pasteur a donné sa vie pour la brebis. » Lawrence mourait pour que Molina pût être sauvée du désespoir et de sa perte éternelle. Oh! amour si fort, et plus fort que la mort! Oh! mystère de l'intercession du prêtre consacré à Dieu! Pouvait-il ressentir autre chose qu'une joie immense.

Tandis que ces pensées occupaient l'esprit du Père Fitz-Simon, le Père Murphy avait fait ses adieux au moine mourant, et avait laissé les deux frères ensemble.

— *Lætare, lætare in Domino. Magnificat anima mea in Domino.* Réjouissons-nous ensemble, Cyprien, que votre dernier entretien soit plein d'actions de grâces.

— Désirez-vous me dire quelque chose de particulier, Lawrence ?

— Oui, répliqua le moine après une courte pause, il y a une chose, Cyprien, que je ne vous ai jamais dite.

— Dites-la-moi maintenant, dites-moi tout ce que je puis faire pour vous.

— Ma prière continuelle, depuis quelque temps, répliqua le moine, et quoique je sache à peine pourquoi, a été qu'il vous soit donné de grandir en force et de faire quelque sacrifice plus grand que tous ceux qui **ont** été faits jusqu'à présent.

Le Père Fitz-Simon tressaillit légèrement, mais son bon et calme visage resta impassible.

— Je ne vois pas, je ne sais pas du tout quel peut être ce sacrifice, continua le moine, qui s'interrompant de temps en temps parce que les forces lui manquaient, mais je pense que *vous* le verrez, et l'accepterez joyeusement, quel qu'il puisse être. Je l'ai demandé pour vous et je crois que vous ne le refuserez pas lorsque le temps sera venu.

— Je ne le refuserai pas, répliqua une voix ferme à côté de lui.

— Comment refuser ce que Dieu demande ? dit le moine, parlant avec difficulté. O cœur sacré de mon Dieu ! O amour au-dessus de tous les autres ! quand serai-je avec toi et en repos ?

Il ferma les yeux et parut déjà ravi par une vision divine.

« Quis non amantem redamet ?
Quis non redemptus diligat ? »

répéta lentement le Père Fitz-Simon. Après une courte pause, il
ajouta, comme se parlant à lui-même :

« *Expertus* potest credere,
Quia sit Jesum diligere. »

Il s'arrêta et baisa doucement la joue pâle et transparente du
moine.

— Adieu, maintenant, cher Lawrence, mon temps est écoulé.
Adieu, jusqu'à ce que je vous voie de nouveau.

Le moine lui tendit la main, répétant lentement :

— Jusqu'à ce que je vous voie de nouveau. Puis il dit :

— Cyprien, donnez-moi votre bénédiction.

Le prêtre rougit légèrement. Ses yeux semblèrent se remplir de
larmes, mais après un combat d'un moment, il dit de sa voix la
plus calme :

« *Benedicat te Omnipotens Deus, Pater , et Filius, et Spiritus
sanctus. Amen.* »

Il tenait encore la main de son frère, et il jeta un regard profond
sur tout ce qui l'entourait : l'étroite cellule, la fenêtre cintrée, au
travers de laquelle on voyait les montagnes, le crépuscule tombant
et la lumière argentée de la lune, jetant un faible rayon sur la
couche de paille, le crucifix et le pâle et doux visage du moribond.

Le Père Fitz-Simon toucha de ses lèvres la main décharnée qu'il
tenait et quitta la cellule.

Et ces deux hommes ne se virent plus sur la terre.

XXII

Le dimanche, pour lequel les enfants avaient été appelés à décorer l'église, arriva. On n'a jamais rien vu de plus charmant que le coup-d'œil qu'elle offrait, avec ses guirlandes de verdure et de dahlias et ses longues branches de fleurs de la passion cueillies par Una, au dernier moment et suspendues autour du sanctuaire et au-dessus du tabernacle. Plusieurs bannières de la Passion, du Sacré-Cœur et de Notre-Dame de douleurs, à laquelle le Père Murphy avait une dévotion particulière, étaient placées de chaque côté de l'autel; l'aspect solennel et inaccoutumé de l'église semblait annoncer que quelque grand événement se préparait.

Vers le soir, des troupes de villageois commencèrent à arriver, et la foule, augmentant continuellement, remplit bientôt la petite église. Les messagers s'étaient bien acquittés de leur mission. La multitude devenait de minute en minute plus nombreuse, le flot des arrivants semblait se renouveler sans cesse, on était pressé à suffoquer, et beaucoup des assistants durent prendre place dans le cimetière, sous les vieux arbres et parmi les tombeaux. Mais leurs places n'étaient pas les plus mauvaises, car toutes les fenêtres, grandes ouvertes, permettaient de voir et d'entendre tout ce qui se passait dans l'église.

Les cloches sonnaient, et chacun se demandait pourquoi le Père Murphy les avait ainsi réunis. Il n'y avait pas eu une telle assemblée, — non, pas depuis quarante ans, sous le bon vieux Père Mike, — que Dieu ait son âme ! — Ils garantissaient que le Père Paul avait aussi, maintenant, de bonnes paroles à leur dire. Gloire soit à Dieu, ils avaient, à coup sûr, un excellent pasteur, et capable de leur faire entendre d'excellentes paroles. Oh, c'était le modèle d'un bon prêtre ! Que Dieu le bénisse.

Ces discours, et bien d'autres, passaient de rang en rang, mêlés aux prières ; mais les cloches cessèrent de sonner, un « chut » bas et énergique sortit de toutes les poitrines, et le silence s'établit, si profond qu'on entendait le bruit des respirations.

Le Père Murphy se plaça devant l'autel, avec son aube et son étole, il fit lentement et solennellement le signe de la croix et commença son discours. Sa voix forte et sonore était facilement entendue au-delà des fenêtres et jusqu'aux dernières limites du cimetière.

Il dit au peuple, dans des termes simples et clairs, qu'il avait trouvé bien de les réunir ce soir pour parler de l'état du village et des pays environnants, et de leurs propres âmes. Ils avaient un bon seigneur, un excellent homme, on pouvait le dire, mais ses oreilles étaient abusées et il voyait rarement ses tenanciers. Des gens qui étaient ennemis de la foi, *parce qu'ils ne la connaissaient pas*, lui présentaient toutes les choses d'une manière contraire à la vérité, et lui croyait tout ce qu'on lui disait. Il n'y avait à ceci qu'un seul remède : — ils devaient tous prier pour leur seigneur. Il regrettait qu'ils n'eussent pas fait ceci et que quelques-uns d'entre eux se fussent laissés aller contre lui à des sentiments amers et mauvais. Il ne les nommerait pas maintenant, mais il les connaissait tous. D'autres avaient donné un noble exemple de pardon, et pour cela ils seraient bénis. A partir de ce soir, ils devaient tous lui promettre de prier chaque jour pour leur seigneur. C'était là une des choses qu'il avait à leur dire.

Une autre chose était que quelques-uns d'entre eux avaient fait pire encore. Ils avaient succombé à la tentation et avaient envoyé leurs enfants à l'école du pasteur. Ils n'avaient pas accepté les souffrances que Dieu leur envoyait ; ils n'avaient pas supporté la faim et le froid ; mais ils avaient vendu les âmes de leurs enfants pour du charbon, de la soupe et du pain. Si ceux qui les tentaient étaient justement appelés « vendeurs de soupe, » quel nom eux-mêmes méritaient-ils, sinon celui « d'esclaves des vendeurs d,

soupc... » Pauvres, misérables, lâches esclaves, oubliant la vie
à venir, et les merveilles du ciel, et la couronne d'étoiles placée
sur la tête de Notre-Dame, et la face glorieuse de Dieu, qui devait
être leur éternelle récompense ! oubliant tout ceci et leur gloire
éternelle, pour une bouchée de pain et quelques haillons ! Mais il
savait bien que ce n'était là qu'un moment d'oubli ; ils s'étaient
détournés pendant quelque temps du Seigneur Tout-Puissant,
mais ils étaient maintenant prêts à revenir à Lui. Ils ne voudraient
pas se vendre pour jamais au démon. Alors, par ses paroles énergiques il les reporta aux temps passés ; et, comme s'il en eût été
lui-même témoin, il fit passer devant leurs yeux tout ce que leurs
pères avaient faits pour leur foi.

Il leur dit comment, pendant les guerres d'autrefois, lorsque
toute cette contrée avait été désolée par les lieutenants d'Elisa-
beth, chaque ferme n'était qu'un amas de ruines fumantes ; chaque
village une rue déserte avec les toits des maisons effondrés ; comment chaque route était encombrée de chevaux, de vaches et de
moutons morts, pêle-mêle avec les corps de ceux qui labouraient
la terre ou conduisaient les troupeaux, — la mort avait envahi
tout le pays, mais où étaient les âmes des morts ? Elles étaient
montées au ciel avec la couronne du martyre.

Et, lorsque les soldats de Cromwell avaient ravagé la contrée, et
s'étaient établis dans le vieux château, tout le monde connaissait
bien la tradition qui disait que l'étang profond de Cahir-na-Duigan
était alors d'un rouge de sang à cause de tous les corps qu'on y
avait jetés ; et que depuis ce temps, assurait-on, aucun animal ne

voulait y boire, même pendant les journées les plus chaudes de
l'été. Ces corps étaient ceux des membres de la congrégation réunie
à Saint-Malachie-des-Rocs. Les soldats entourèrent la chapelle,
tuèrent le prêtre et tous les hommes, les femmes, les enfants, qui
adoraient leur Dieu. Mais ils n'étaient pas « esclaves de la soupe. »
Les mères souriaient en voyant massacrer leurs enfants. C'étaient
de vraies mères irlandaises, heureuses de mourir pour leur foi. Et
la même chose était arrivée bien et bien des fois. Et peu d'années
encore avant le temps dont ils pouvaient se souvenir, les pauvres
catholiques avaient été emprisonnés et mis à mort parce qu'ils ne
voulaient pas renoncer à leur religion. Il n'y avait pas un catholique dont la vie fût sauve, pas un dont la maison fût respectée ou
dont les biens ne devinssent la proie des pillards. Mais combien y
en eut-il parmi eux qui achetèrent leur sécurité au prix de leur
âme ? *Un seul*; il n'y en eut qu'*un* qui renia son Dieu. Ceux-ci
étaient de vrais Irlandais, dignes de ce nom. Ceux-ci étaient les
pères : — qu'auraient-ils dit de leurs enfants dégénérés et sans foi ?
Et que *leur dirait Dieu*, sinon ces mots terribles : Eloignez-vous
de Moi! éloignez-vous de Moi, vous, deux fois maudits, en ce
monde par l'Eglise, et dans l'autre devant tous les hommes et les
Anges. Eloignez-vous de Moi pour toute l'éternité ! Vous avez choisi
le démon, qu'il soit pour toujours votre partage ! »

A ces paroles, les sentiments du peuple, excités au plus haut
point par le tableau des temps passés et glorieux, firent explosion.
Un bruit croissant de gémissements et de pleurs s'éleva de la
foule ; tous tombèrent à genoux frappant leurs poitrines et baisant

la terre. Ceux surtout comme les Sweeney, Peter Rooney et autres, qui avaient cédé et envoyé leurs enfants à l'école de M. Hall, étaient complétement abattus par la douleur et le remords.

Le Père Murphy vit qu'aucune volonté n'était disposée à la résistance; il leva sa main, et se tournant vers le tabernacle, il promit à Notre-Seigneur, présent dans le Saint-Sacrement, que ses brebis égarées rentreraient dans le devoir.

Il lui rappela avec ferveur ses longues souffrances et sa miséricorde, et sa promesse que tous ceux qui se repentiraient obtiendraient de Lui leur pardon.

Alors, descendant les marches de l'autel, il alla revêtir ses ornements pour donner la bénédiction. L'autel était resplendissant de l'éclat des lumières, l'orgue jouait doucement, et les enfants de chœur avec Una chantaient quelques versets d'un hymne très-simple. C'était un de ceux qu'ils aimaient le plus à chanter et à entendre :

A NOTRE-DAME DE DOULEURS.

O Notre-Dame de douleurs
Sur le mont du Calvaire,
Sous l'arbre où souffre un Dieu Sauveur
Tu restes, pauvre mère !

LE CHOEUR :

O Marie, ô très-douce Mère,
Nous t'aimons, prends-nous pour enfants ;
Nous plaignons ta douleur amère,
Pour l'amour de Jésus accueille tes enfants !

Ton cœur est près d'être brisé,
En voyant l'agonie
De ton Jésus, souffrant, blessé,
Qu'on iusulte et renie.

LE CHŒUR :

O Marie, etc.

Lorsque le Saint-Sacrement eut été exposé, le Père Murphy se tourna encore vers le peuple priant et pleurant. Il ordonna à chacun de ceux qui étaient là présents, aux femmes et aux enfants aussi bien qu'aux hommes, de lever la main droite, et de promettre solennellement à Dieu de ne jamais plus, ni par amour, ni par quoi que ce soit, hésiter entre leur foi et quelque autre chose. Ainsi, et seulement ainsi, il pourrait leur permettre de s'approcher des Sacrements où ils trouveraient la paix et la prospérité.

Ce fut un coup d'œil admirable et merveilleux. Au même instant, à l'intérieur de l'église remplie de monde, et au dehors jusqu'aux murs extérieurs du cimetière, chaque tête se leva, et chaque main droite fut élevée au-dessus des têtes. Alors, avec les yeux brillants d'une sainte ardeur, chaque créature présente répéta distinctement et solennellement les paroles du prêtre, et jura d'être désormais honnête et fidèle :

— « Malgré la peine et le besoin ; malgré la maladie ou la famine ; malgré la persécution et le dénûment le plus absolu, je pratiquerai fidèlement la foi catholique, et je renonce à toute relation avec une religion autre que la véritable. Ainsi que Dieu me soit en aide. »

Et Dieu entendit leur vœu, et il les bénit du haut de son trône.

Il n'y avait personne parmi cette multitude qui ne retournât ce soir à Dieu de tout son cœur. Leurs chaînes étaient tombées, leurs liens étaient rompus, et de ce moment il n'y avait plus de tyrannie qui pût avoir quelque empire sur ces âmes. Le prosélytisme prit fin à Pétersville, et Una eut assez à faire avec son école pleine d'ignorantes écolières, pour que son chagrin parût momentanément se calmer.

XXIII

Aprés son entretien avec le Père Lawrence, le curé alla retrouver Randal. Ils parlèrent tous deux longtemps au Père Joseph au
sujet du moulin et de l'ouvrage qu'on y devait faire, puis ils se
dirigèrent vers Pétersville. Le crépuscule avait été remplacé par
la nuit qui devenait de plus en plus sombre, mais ils s'en inquié-
taient peu, et leur trajet semblait devenir de plus en plus agréable, lorsque Randal, après les pénibles détails de sa vie errante,
ouvrit son cœur à l'espérance en parlant du bonheur des jours à
venir, dans la riante maisonnette qui était la demeure habituelle

du meunier de l'abbaye. Et le Père Murphy sympathisait avec toutes ses espérances, avec tous ses riants projets, et se réjouissait en pensant au bonheur que cette soirée allait apporter à Una, — Una, sa douce, soumise et patiente enfant, qui méritait si bien cette récompense ! Ce bon pasteur se réjouissait aussi avec de ferventes actions de grâces que les places faibles et malades de l'âme de Randal fussent restées si complétement visibles qu'elles étaient maintenant presque guéries.

Cependant ils atteignirent bientôt le village, et, en approchant de la maison d'école, le Père Murphy s'arrêta, proposant d'aller seul en avant pour préparer Una, à qui, dans un état de faiblesse, une surprise soudaine pouvait être funeste. Tandis qu'ils faisaient ce petit arrangement, deux hommes sortirent d'un champ et les dépassèrent sur la route.

Molina se retira un peu à l'ombre d'une haie, tandis que le Père Murphy entrait dans l'école.

En dépit de son désir d'accomplir la volonté du prêtre, le jeune homme ne put résister à son désir de le suivre, et, malgré lui, il finit par n'en être éloigné que de quelques pas.

C'était là cette chère maison d'école, aux murs tapissés de lierre, et à la vue de laquelle son cœur avait battu si souvent en pensant qu'Una s'y trouvait. Etait-elle là, corrigeant ses cahiers, ou arrangeant l'autel de Notre-Dame, et pensant à lui ? ou bien préparait-elle le souper pour Michaël et Nora ? Il la voyait avec les yeux de l'esprit comme il l'avait vu là tant de fois, avec sa robe noire et sa collerette blanche, et le petit crucifix d'ivoire suspendu à son cou,

et ses bandeaux de cheveux d'or couronnant sa tête charmante
Là ! maintenant la porte est ouverte, et le Père Murphy est entré.
Randal crut même pouvoir entendre leurs voix — *sa* voix — une
exclamation de joie. *Elle* semble danser devant lui.

Combien le temps lui parut long ! Quelle ardente prière ! Il pouvait entendre les battements de son cœur ! La porte s'ouvre encore.
C'est — oh ! oui, il ne saurait y avoir de doute : — c'est *elle*, elle
qui s'avance dans l'ombre. C'est son pas léger ; c'est sa chère et
douce voix qui perce les ténèbres :

— Randal ! Randal, *asthore* !

Elle n'est pas morte ! Elle ne l'a pas oublié ! Il s'élance vers
elle, mais avant qu'il ait pu la rejoindre, un cri perçant frappe son
oreille. Deux hommes se sont emparés d'Una et l'emportent dans
leurs bras. Randal, fou d'horreur et de surprise, se précipite vers
eux en appelant au secours. La porte de l'école s'ouvre de nouveau, et le Père Murphy en sort, suivi par plusieurs personnes.
Soudain, tandis que Randal lutte comme un tigre avec deux scélérats de grande taille, il voit briller une arme. Il fait un bond
au-devant du Père Murphy, et tire lui aussi la seule arme qu'il
possède, son couteau, pour le défendre.

Un éclair, une détonation, un gémissement, et deux corps tom-
bent. L'autre misérable, terrassé par le Père Murphy, est pris par
la police qui arrive en toute hâte.

Trop tard ! trop tard ! Ils ne peuvent maintenant le sauver ! On
le retire avec précaution de dessous le corps de l'assassin tombé,
et l'on s'aperçoit qu'il est prêt à rendre le dernier soupir. Una en

pleurs déchire son mouchoir et en fait de la charpie pour la mettre dans la blessure et donner le temps au moribond de recevoir l'absolution avant de mourir. Elle appuie la tête du blessé contre sa poitrine, et, malgré les tortures de sa douleur, elle s'efforce de lui sourire de son plus doux sourire, et le remercie de tout son amour et d'être revenu mourir auprès d'elle.

— Una, Una, pardonnez-moi. Je ne croyais pas — j'étais fou — et bien malade. — Le Père Murphy sait. Père, dites-lui *tout*. Oh ! Dieu ! que ta volonté soit faite ! Mon cœur, vous étiez trop bonne pour moi ! Dieu merci, le Père Murphy est sauvé !

— Sauvé par *vous*, mon Randal. Vous mourez en martyr. Silence, cher ! Ne parlez pas de pardon. C'est vous qui devez me pardonner toutes mes paroles inconsidérées.

— Una ! soupira Randal dans un dernier et suprême effort. Je vous remercie de tout mon cœur pour votre amour. Que Dieu vous bénisse ! O Jésus ! Douce Marie ! Mère !

On entendit un léger sanglot. Una sentit sa main faiblement serrée et la jeune et noble tête se pencha de côté ; le visage revêtit une calme beauté, une tranquillité inexprimable ; ce fut le seul sceau que lui imprima la mort.

. . . .

On l'enleva avec un soin respectueux et on le déposa sur le lit d'Una, dans la maison d'école, où les derniers et pénibles devoirs lui furent rendus, et où l'on fit un grand nombre de prières.

Mais Una résista à toutes les instances du Père Murphy pour

l'éloigner. Elle ne pleurait pas, elle semblait parfaitement calme, et rien ne put l'empêcher de veiller et de prier auprès du corps jusqu'à l'aube du jour.

Alors, tandis que le Père Murphy, le cœur déchiré, s'agenouillait devant Dieu, se préparant à dire sa messe, les cloches remplissaient son cœur de leur plaintive mélodie. Et il sut alors, frappé de crainte et le cœur rempli de reconnaissance que le Père Lawrence était parti pour jouir du repos éternel dans la céleste cité, en traversant à peine les flammes de la purification.

Et avec lui, il devait en être ainsi, le jeune Randal, pour l'âme de qui il avait offert sa vie.

Ainsi, au lieu d'un *requiem* pour le mort, le Père Murphy dit une messe d'actions de grâces, avec une grande paix de cœur et en recommandant Una à celui qui seul peut consoler des douleurs telles que les siennes

XXIV

C'était Caolin qui, sans avoir le temps de se reconnaître, était tombé mort, frappé au cœur par le second coup du revolver de Malone, qui, dans la confusion et la surexcitation du moment, tira sans savoir où, après avoir tué Molina. Le meurtrier survivant n'était autre que Lefroy ou Malone ; mais comme la police ne le connaissait que sous le nom d'Edouard Lefroy, on le désigna par ce nom.

Beaucoup de villageois avaient deviné son attachement pour Una et s'étaient demandé, suivant la coutume du village, si elle irait à

Dublin pour devenir « une dame » ou si elle resterait fidéle à son humble prétendant. Les plus sages et ceux qui la connaissaient le mieux, étaient, bien entendu, du dernier avis.

Aussi, on pensait que Randal était tombé victime d'un accès de folle jalousie, et l'on plaignait les deux jeunes gens. Mais la police découvrit une partie de la vérité, et le bruit courut que Lefroy n'était pas du tout un gentleman de Dublin, mais que lui et Caolin étaient deux criminels de la plus dangereuse espèce, qui s'étaient soustraits à leur châtiment et pour la capture desquels une forte récompense était offerte. La contenance de Malone, dans la maison de police où on l'avait emmené était si étrange et si égarée, que le chef envoya un messager de confiance au Père Murphy, pour le prier de venir voir le prisonnier avant qu'il fût conduit à la geôle. Moylan avait eu la précaution de passer la journée du meutre dans une maison amie assez éloignée, afin de n'être accusé d'aucune complicité dans l'enlèvement d'Una ou dans les meurtres qui pouvaient être commis en même temps. Mais comme il arrive souvent, cet excès de précaution lui attira justement ce qu'il cherchait à éviter. S'il fut resté à Pétersville, étant magistrat et agissant souvent à la place de lord Powderhouse, il eût pu s'opposer à ce que tout autre que lui-même communiquât avec le prisonnier et peut-être aurait-il pu, en lui promettant sa liberté, empêcher Malone de divulguer ce qui s'était passé entre eux.

Mais le Père Murphy se rendit immédiatement auprès du prisonnier; à peine eût-il fixé les yeux sur Malone et lui eut-il dit quelques mots touchants, lui montrant combien était grande la misé-

ricorde de Dieu qui lui avait laissé le temps de se repentir, que
le mauvais esprit sembla être chassé, et que le criminel tomba à
genoux. Là il raconta toute son histoire. Il dit comment son ardent
désir de mourir dans sans patrie l'avait chassé de l'Autriche, comment il s'était échappé et avait pris passage sur un vaisseau amé-
ricain pour revenir en Irlande, où Caolin et lui s'étaient livrés,
dans les montagnes, au commerce illicite du whisky. Il dit comment ils avaient rencontré l'agent et comment il les avait décidés
à seconder ses plans ; comment Una devait être courtisée et emmenée ; comment Molina avait été tourmenté et excité jusqu'à en
perdre la raison ; comment Shamus avait été souvent le seul obstacle à l'enlèvement d'Una, et comment la lettre de l'officier à
Cork avait été composée et écrite par lui avec l'aide de Moylan et
dans son cabinet. Il ajouta, avec un frémissement d'horreur, que
l'agent avait même décidé la mort du Père Murphy, et, à ce qu'il
croyait, celle de Brooker, qui était un obstacle à ses plans. Enfin
il démêla aux yeux du prêtre l'inextricable réseau qui avait été
tendu autour de son troupeau, et lui donna toute permission de
faire de ses révélations l'usage qu'il voudrait.

Frappé d'horreur, le Père Murphy remercia Dieu qui découvrait
enfin les pièges qu'il avait pressentis sans pourtant les comprendre.
Il envoya aussitôt deux messagers, l'un au Père Fitz-Simon et l'autre
à sir Philip Ffrench, le magistrat le plus proche et le plus grand
propriétaire des environs. Lord Powderhouse était retenu au lit par
une violente attaque de goutte. Sir Philip arriva bientôt, et dès

qu'il eut entendu le récit de tout ce qui s'était passé, il donna l'ordre d'arrêter Moylan. Shamus fut remis à la garde d'une personne de confiance jusqu'au moment où son témoignage (autant qu'il était capable de le donner) serait jugé nécessaire. Après avoir longuement et soigneusement examiné Malone, sir Philip s'adressant courtoisement aux deux prêtres, leur demanda de vouloir bien l'accompagner au château de Pétersville où il se rendait.

Malgré sa goutte, après avoir lu les quelques lignes écrites par sir Philip, monseigneur ordonna qu'on introduisît dans sa chambre les trois visiteurs, et il apprit avec autant d'horreur que d'épouvante le résultat de tout ce qui avait été fait. Les larmes qu'il versa et qui lui firent honneur, ainsi que la manière généreuse et pleine de cœur avec laquelle il s'humilia, se reprochant sa mauvaise administration et sa coupable indulgence pour ses subordonnés, furent autant de gages de sécurité pour l'avenir. Lorsqu'ils furent au moment de se retirer, il tendit la main aux deux prêtres en leur demandant de vouloir bien, à l'avenir, l'aider de leurs avis et de leurs conseils.

Et lorsqu'ils eurent pris congé, sir Philip demeura quelque temps encore auprès de monseigneur, lui montrant combien il avait été coupable, dans une contrée telle que l'Irlande, en permettant à sa sœur et à son agent de l'aveugler et de causer d'aussi grands préjudices à ses tenanciers sans défense.

Enfin il lui dit que lorsque sa goutte serait guérie, il l'invitait à venir au château de Ffrench, pour voir quel était l'état du village et de ses habitants sous un régime moins tyrannique ; et surtout comment ils se passaient d'agent ; car, quoiqu'il eût des major-domes et des serviteurs, il était lui-même son agent, et personne, excepté le curé, ne s'interposait entre lui et ses paysans.

Enfin, mon cher lord, conclut-il, pensez-y, je vous prie, si vous voulez finir vos jours en paix, si vous voulez absolument évangé-liser l'Irlande, faites-le par l'exemple, et non par la force.

Monseigneur suivit les conseils de sir Philip, et il en devint plus sage. Il résolut d'envoyer chercher son neveu et héritier, le colonel Powderhouse, et de mettre ses affaires entre ses mains. Celui-ci était un vrai propriétaire, terrier d'Irlande, homme pru-dent et expérimenté, et ami intime de sir Philip Ffrench ; monsei-gneur tira un grand avantage de son expérience, et Péterswille vit de meilleurs temps.

Pour en finir avec de tristes portraits et les perdre de vue tous à la fois, nous devons dire que Malone fut gracié et qu'il partit pour l'Amérique où il combattit bravement et obtint plusieurs étoiles.

Quant à Malachi Moylan, n'ayant pas le sacrement de confession pour le rappeler à lui, il dédaigna fièrement les châtiments tem-porels de la loi et se pendit dans sa prison. Il fut trouvé par un guichetier, déjà froid et raide, et son sourire de démon imprimé encore sur ses lèvres, comme si, après avoir raillé toute chose pendant cette vie passagère, il eût voulu encore, *autant qu'il le pouvait*, continuer à railler la vie éternelle qui l'attendait au-delà de ce monde.

CONCLUSION.

Après l'enquête, arriva le jour des funérailles de Randal. Una était occupée à orner de lierre et de fleurs la bière ouverte, lorsqu'un coup fut frappé à la porte de la maison d'école qui s'ouvrit immédiatement. Un pas léger se fit entendre, une femme vêtue de noir apparut, et Eudora Powderhouse se jeta à genoux à côté de la bière, dans le paroxysme d'une douleur dont on ne peut se faire une idée.

Una tressaillit, et, touchée de ce violent désespoir, essaya de la calmer ; elle passa de l'autre côté de la bière et posa sa main sur la tête d'Eudora. L'affection qu'elle lui témoigna, la douce fermeté des saintes paroles qu'elle lui dit parurent agir puissamment sur miss Powderhouse. Elle leva sa tête altière, maintenant courbée et humiliée, ses yeux gonflés et pleins de larmes, puis, jetant un bras autour de la taille d'Una, l'obligea doucement de s'agenouiller à son côté et appuya sa tête sur la poitrine de la jeune fille. Dans cette action, dans ce geste, il y avait tout un monde de confession et de touchante supplication ; Una fut incapable de retenir ses pleurs. Elle s'étonna elle-même de se trouver consolant et caressant miss Powderhouse comme si elle eût été une de ses écolières. Et c'était en effet presque un visage d'enfant (par l'expression), que celui d'Eudora Powderhouse lorsqu'elle murmura :

— Una, chère, bien chère Una, pourrez-vous jamais me pardonner? pourrez-vous jamais supporter ma vue? Me permettrez-vous jamais d'être votre amie, — votre sœur?

— Vous! — miss Powderhouse! — vous ne pouvez parler ainsi!

—Chut, Una! silence! J'ai quelque chose à vous dire.

Un pâle rayon de joie sembla éclairer son triste visage.

— Una, j'ai été voir votre prêtre étrange, le Père Fitz-Simon. Je l'ai vu deux fois, et je pense à devenir un jour catholique, et 'espère que tout me sera pardonné.

Una saisit sa main sur laquelle elle inclina la tête. Oh! était-ce donc pour ceci que le sang du martyr avait été répandu? Y avait-l aucune vie de joie et d'affection terrestre qui pût être mise en balance avec le magnifique don de cette âme? Ses pensées s'élevè ent jusqu'au trône de Dieu, et là elle crut parler à celui qu'elle avait perdu — perdu, et cependant retrouvé pour jamais. Car i stait sauvé, il était revenu à la maison, et il demandait des béné lictions pour ceux qu'il avait quittés. Encore une fois, et dans son ève, elle crut le voir, couvert de brillants vêtements, et comme lors elle l'entendit répéter ces mots:

« *Nous ne pouvons encore être ensemble, mais nous y serons bientôt.* »

Tout ce qu'elle put faire ou dire fut d'appuyer ses lèvres sur la main d'Eudora, en murmurant:

— Oh! je suis contente, je suis heureuse et reconnaissante.

Aussi, lorsque Michaël et Nora marchèrent derrière la bière de Randal, les villageois, surpris et émerveillés, virent miss Powderhouse les suivant avec Una, et le petit Martin marchant entre elles deux.

Les rayons du soleil couchant tombaient sur la bière ouverte suivant la coutume du pays, pour que chacun pût jeter un regard d'adieu à celui qu'ils conduisaient au tombeau.

L'un après l'autre, tous ceux qui l'avaient vu grandir en force et en beauté, vinrent contempler ce noble visage, si calme dans son dernier sommeil, et jeter de l'eau bénite sur les restes du fidèle qui les avaient quittés.

Nul ne put accomplir ce devoir sans des sanglots et des pleurs, sans un chagrin violent et profond. Mais chacun ressentait cependant plutôt le sentiment de triomphe du Chrétien qui suit les reliques d'un martyr, que la tristesse éprouvée d'ordinaire à l'aspect de la mort. Ils s'arrêtèrent, le cœur ému, pour entendre ce que le Père Fitz-Simon allait dire, car le Père Murphy ne pouvait parler de celui qui était mort pour défendre sa vie.

Ses paroles furent peu nombreuses, mais touchantes et solennelles. Il parla de la jeunesse et des projets du mort ; de son enfance, lorsque, resté orphelin, il avait été aimé et soigné par tous ses amis. Il dit que sa fin avait été l'une des plus glorieuses qu'il eût jamais vues :

« Au moment où son bonheur retrouvé, ses espérances d'avenir et son prochain mariage devaient lui faire chérir la vie, après un retour à ses devoirs, une réconciliation entière avec Dieu, leur bien-aimé frère s'était librement offert en sacrifice pour sauver la vie de son pasteur. Il avait été accepté comme une victime de la charité. Il n'y a pas de plus grande charité que celle qui porte l'homme à donner sa vie pour son ami. Celui qui agit ainsi suit les traces du Seigneur, qui donna sa vie pour nous tous. Puisse-t-il reposer en paix ! »

Tous les assistants, d'une voix profondément émue, répondirent : Amen.

Puis le vieux Michaël Macnamara, quittant Nora, s'avança et

déposant un baiser sur le front du mort, l'aspergea respectueusement d'eau bénite. Ensuite il ferma lentement la bière.

Ils le descendirent avec précaution dans la fosse et chantèrent les
répons. Au moment où la terre tomba sur le cercueil, Una pût entendre les sanglots déchirants d'Eudora, mais elle-même resta calme.

On éleva un tertre de terre fraîche que l'on recouvrit de verdure
et de fleurs, et la croix de bois fut ornée de guirlandes, suivant la
coutume du pays.

Lorsque tout le monde fut parti, Una resta à genoux près de la
tombe; son cœur semblait prêt à se briser, mais elle offrit encore
son sacrifice à Dieu, et lui renouvela la promesse d'accomplir toutes ses volontés. Ensuite elle baisa pieusement la terre, et se rele-
vant, elle se dirigea avec Eudora vers le presbytère où elle trouva
quelque soulagement à sa profonde douleur.

. . . .

Les années s'écoulèrent, et, comme nous l'avons dit, Pétersville
connut des temps plus heureux. Exeter Hall résigna sa charge et se
rendit à Honolulu où il se distingua en traduisant le livre du Pen-
tateuque dans des écritures qui auraient fort étonné Moïse.

Israël Brooker, instruit par l'expérience, quitta aussi Pétersville,
et l'on ne sut jamais ce qu'il était devenu; cependant miss Powder.
housse se persuada qu'il mourut catholique.

Un peu plus tard les supérieurs du Père Fitz-Simon l'envoyèrent
dans l'Inde; là, après avoir fondé deux collèges de la société, et
avoir gagné à la vraie foi un grand nombre d'âmes, il s'offrit à
soigner les cholériques dans un hôpital dont les aides habituels
avaient fui épouvantés, et après avoir imité la charité de saint
François Xavier et son zèle pour sauver les âmes, il devint la proie
de la maladie, mourut comme lui, presque seul, avec son crucifix
à la main, et alla recevoir sa couronne.

Mais à Pétersville régnait le bonheur et le bien-être. Eudora

Pewderhouse faisait auprès d'Una son apprentissage. Elle allait avec elle dans toutes les cabanes, elle s'efforçait de réparer ses anciénnes erreurs et de réprimer sa fierté, et se consacrait avec bonheur et patience au service des pauvres de Jésus-Christ.

De sorte que le Père Murphy, dans sa vieillesse, et le colonel Pewderhouse avaient deux auxiliaires dans l'administration de Pétersville.

Car Una savait rendre tout labeur doux et agréable. Consacrée à Dieu par un vœu spécial, permis et reçu par le prêtre, Una portait l'habit de saint François sous ses vêtements ordinaires, elle marchait sur les traces de Jésus et consacrait sa vie à ses pauvres bien-aimés.

Partout où se trouvait le chagrin ou le dénûment, le péché ou la honte, partout où l'on était en proie à la tentation, à l'insouciance du mal, à l'affreux désespoir; partout où était la contrition, on était sûr de rencontrer Una, et jamais elle n'était là vainement. Douce et charitable, simple comme un enfant, brave comme un lion, rien n'était assez pénible, assez mauvais, assez sombre pour l'effrayer; et, par tous les moyens en son pouvoir, elle s'efforçait de gagner des âmes au Christ.

Nous pouvons la contempler maintenant pour la dernière fois, agenouillée à sa petite fenêtre qui avait vue sur l'église et sur le Saint Sacrement, qui, étant son seul amour, pouvait être aussi son voisin. Car, ainsi que Bona, et d'autres solitaires de l'ancien temps, elle avait, à l'extrémité de l'église, une petite chambre, aussi nue qu'une cellule de moine, c'est là qu'elle vécut et qu'elle mourut.

Et, regardant pour la dernière fois son pâle et doux visage, nous nous réjouissons comme le firent les habitants de Pétersville en connaissant « Sœur Una, » et en comprenant, une fois du moins, la vérité de ces admirables paroles du grand Apôtre : « Maintenant je ne vis plus, mais le Christ vit en moi... »

LIMOGES. — IMPRIMERIE DE BARBOU FRÈRES.